Im Weinberg
der Liebe

Juergen von Rehberg

Im Weinberg
der Liebe

Vins de
Gascogne

Bibliografische Information der Deutschen National-bibliothek:
Die Deutsche Nationalbibliothek verzeichnet diese Publikation in der Deutschen Nationalbibliografie; detaillierte bibliografische Daten sind im Internet über http://dnb.dnb.de abrufbar.

Herstellung und Verlag: BoD – Books on Demand, Norderstedt

ISBN: 978-3-7528-4929-5

Die letzten Sonnenstrahlen ließen sich auf dem Rücken kleiner Wellen, ausgelöst durch ein vorbeifahrendes Schiff, sanft ans Ufer tragen.

Schilfrohre, welche den Uferrand säumten, wiegten sich zu der Musik des Schiffsmotors hin und her, und das Klatschen des Wassers an die unterste Stufe der Treppe, die ins Wasser führte, klang wie dezenter Applaus.

Martin Joswig, ein Endvierziger und äußerst erfolgreich in seinem Beruf als Geschäftsführer in der Firma seines Schwiegervaters, sah dem Motorschiff noch lange Zeit nach.

Kindheitserinnerungen wurden wach. Er dachte an die unbeschwerte Zeit zurück, als er mit anderen Kindern auf Schiffe zu schwamm, um sie zu entern und ein Stück weit flussaufwärts mitzufahren.

Damals hatten die Schiffe noch keinen eigenen Motor und wurden von einem Schlepper gezogen. Und das Entern ging auch nur dann, wenn die gezogenen Schiffe voll beladen waren und ihre Bordwand nur wenig aus dem Wasser ragte.

Martins Blick wanderte über den Fluss hinauf zu der alten Burg, hinter der sich die Sonne allmählich zur Ruhe begab.

Der Fluss war an dieser Stelle nicht sehr breit, vielleicht um die einhundert Meter, und das Hinüberschwimmen auf die andere Seite war eine der vielen Mutproben, die es als Kinder zu bestehen galt.

Das Schiff war schon fast aus Martins Blickfeld entschwunden, und das Wasser, das gerade noch an die Stufe der kleinen Treppe heftig geschlagen hatte, begnügte sich jetzt mit einem sanften Anstupsen.

Martin kam in letzter Zeit öfter an den Fluss. Hier konnte er ungestört nachdenken. Für eine kurze Zeit war er frei von allen Zwängen. Keine Firma, keine Probleme mit einer Frau, die nur noch auf dem Papier mit ihm verheiratet war.

Plötzlich gewahrte er ein Kinderspielzeug, das auf dem Wasser langsam vorbeitrieb. Es handelte sich um ein kleines Segelboot aus Plastik. Und wieder ergriff ihn eine Erinnerung aus seiner Kindheit. Er saß an einem Bach und ließ sein Segelschiff zu Wasser.

Ein Stück Baumrinde, etwa in der Größe der Hand eines Erwachsenen, in der Mitte ein Loch, in welches ein kleiner Haselnussstock hineingesteckt war, und ein Stück weißes Tuch, das als Segel diente.

Das selbstgebastelte Schifflein trieb auf dem Wasser langsam dahin, begleitet von dem kleinen Jungen, der mit stolzgeschwellter Brust am Ufer nebenherlief.

Ein lautes Rufen riss Martin aus seinen Gedanken. Es musste von einem Kind stammen. Das verzweifelte Rufen galt deutlich erkennbar dem Plastikschifflein.

Martin hatte das steuerlose Segelboot mit einem Stecken an Land gezogen und hielt es in der Hand. In diesem Augenblick kam ein etwa fünf bis sechs Jahre altes Kind atemlos herangestürmt, und im Gefolge

eine Frau, die wohl die Mutter des Knaben sein musste.

„*Gott sei Dank*", sagte die Frau, die bei näherem
Betrachten wohl recht spät Mutter geworden zu sein
schien.

„*Vielen Dank, mein Herr*", sagte die Frau, die
ebenfalls leicht außer Atem war. „*Sie haben meinem
Enkel den Tag gerettet.*"

Der kleine Mann wollte begierig nach seinem Segelboot greifen, wurde aber von seiner Großmutter
mit den Worten „*zuerst bedankst du dich bei dem
freundlichen Herrn*", zurückgehalten.

Und der Besitzer des Segelschiffes, vor dessen
Bauch die Fernsteuerung herumbaumelte, verbeugte
sich leicht und sagte dann brav:

„*Vielen Dank, lieber Herr, dass Sie mein Schiff
gerettet haben.*"

„*Sehr gern, junger Mann*", entwortete Martin Joswig, der gerade im höchsten Maße über das Gesche-
hene erstaunt war.

Er überreichte dem Knaben das Schifflein und
sagte zu der Frau, in welcher er nur schwerlich eine
Großmutter sehen konnte:

„*Es ist überraschend und wohltuend, dass es so
etwas noch gibt.*"

„Was meinen Sie?", fragte die Frau.

„Nun, dass sich ein Kind noch artig bedankt", antwortete Martin Joswig.

„Das ist ja wohl das Mindeste und selbstverständlich", antwortete die Frau.

„Nicht in meiner Welt", antwortete Martin Joswig und fügte hinzu:

„Erlauben Sie, dass ich mich vorstelle, mein Name ist Martin Joswig. "

„Das freut mich Herr Joswig", antwortete die Frau, *„ich heiße Emma Berger, und ich danke Ihnen noch einmal herzlich für die tollkühne Rettungsaktion. Und der kleine Mann hier heißt Kevin. "*

Martin Joswig musste lachen, als er die entgegengestreckte Hand von Emma Berger ergriff und ihr dabei ins Gesicht schaute.

Während Kevin an seiner Fernsteuerung herumhantierte, verfingen sich die Blicke der beiden Erwachsenen für einen kurzen Augenblick.

„Soso, das ist also ihr Enkel Kevin", sagte Martin Joswig, der noch immer die Hand von Emma Berger in der seinen hielt.

„Mir wäre Franz oder Peter auch lieber gewesen", erwiderte Emma Berger und löste ihre Hand dabei, *„aber das ist wohl zu uncool. "*

„*Das ist der amerikanische Zeitgeist, der uns um-weht und unsere eigenen Werte hinwegfegt*", sagte Martin Joswig.

Emma Berger lächelte und wieder löste es bei Martin Joswig ein wohliges Gefühl aus. Und bevor er darauf reagieren konnte, sagte Emma Berger:

„*Wir haben Ihre Zeit schon viel zu lange in Anspruch genommen und es wird auch höchste Zeit, dass wir gehen. Kevins Mutter macht sich sonst noch Sorgen.*"

Martin Joswig beugte sich zu dem kleinen Mann, der noch immer mit der Fernsteuerung beschäftigt war und sagte:

„*Ich habe mich sehr gefreut deine Bekanntschaft gemacht zu haben, Kevin, und ich hoffe, dass du das Problem in den Griff bekommen wirst.*"

Kevin bedankte sich für den frommen Wunsch des Mannes, der sein Segelschiff gerettet hatte, mit einem breiten Grinsen.

„*Nochmals ganz herzlichen Dank, Herr Joswig für Ihre Hilfe. Ich wünsche Ihnen und Ihrer Familie noch einen schönen Abend.*"

Martin Joswig war überrascht über diese Worte.

„*Was für eine bemerkenswerte Frau und was für eine tolle Beobachterin*", dachte er bei sich, „*sie musste seinen Ehering bemerkt haben, wie sonst hätte sie das sonst sagen können."* Und wie von selbst kamen die Worte über seine Lippen:

„Ich danke Ihnen für den freundlichen Wunsch und für das wunderbare Erlebnis Sie kennengelernt zu haben."

Als Emma Berger mit ihrem Enkel schon einige Meter weit entfernt war, drehte sie sich noch einmal um und hob ihre Hand zu einem Lebewohl.

Martin Joswig spürte einen Stich in seinem Herzen. Er wollte der Frau spontan nachlaufen, aber eine unsichtbare Hand hielt ihn zurück.

In seinem Kopf überschlugen sich die Gedanken.

„Wer war diese Frau und würde er sie jemals wiedersehen?"

Als Emma Berger und der kleine Kevin schon seinen Blicken entschwunden waren, setzte sich Martin Joswig wieder auf die oberste Stufe der kleinen Treppe.

Die Sonne war nun endgültig hinter dem Dach der Burg über dem Fluss verschwunden. Eine feine Tristesse beschlich den Mann, in welchem noch vor kurzem Gefühle wiedererweckt worden waren, von denen er nicht einmal mehr wusste, dass er sie noch hatte.

*****

„Du kommst spät, wir haben uns schon Sorgen gemacht."

Mit diesen Worten begrüßte Veronika Winkler-Joswig ihren Ehemann, als er das Zimmer betrat. Sie ging auf ihn zu und hauchte ihm einen Kuss auf die Wange.

„Wir haben schon zu Abend gegessen; aber wenn du möchtest, dann kann das Mädchen dir etwas warm machen."

Martin Joswig, dem die Alkoholfahne seiner Gattin nicht entgangen war, obwohl ein kräftiges Parfum dagegen ankämpfte, antwortete:

„Das ist lieb von dir, aber ich habe keinen Hunger. Ich gehe auch gleich ins Arbeitszimmer."

An diesem Abend wurde Martin Joswig noch mehr als sonst bewusst, wie groß seine Abneigung für seine Ehefrau war.

Es war nicht nur die Oberflächlichkeit von Veronika, mit der sie anderen Menschen begegnete, welche Martin abstieß, es war ebenso ihr verlogenes Verhalten ihm gegenüber.

Martin hatte Veronika mehr als einmal darauf hingewiesen, dass das „Mädchen", wie sie die Hausangestellte Stefanie zu nennen pflegte, auch einen Namen hätte. Aber es bewirkte nichts.

Veronika war nun einmal das verwöhnte Einzelkind eines reichen Papas, der seinen Liebling ein Leben lang anhimmelte.

*****

Martin stammte aus einem „guten Hause", wie man damals zu sagen pflegte, als er noch die Schulbank drückte.

Da waren sein Papa Ernst-Wilhelm, Oberstaatsanwalt und dem Preußischen noch immer stark verhaftet, und die liebe Mama Hilde, Tochter eines Krämers, der zwar nicht zur Oberschicht gehörte, aber über ein beträchtliches Vermögen verfügte.

Was lag näher, als dass ein mittelloser, aufstrebender, junger Mann, dessen Eltern mit ihm vor den Russen geflohen waren, nach seinem Studium als Assessor einer „guten Partie" gegenüber nicht abgeneigt war.

Martins Großvater Heinrich Joswig stimmte der Hochzeit seines Sohnes Ernst-Wilhelm nur äußerst widerwillig zu, beugte sich jedoch mit einem gezwungenen Lächeln im Hinblick darauf, dass der Schwiegervater seines Sohnes, der Krämer August Vierling im Stadtrat saß und somit Steigbügelhalter für die Karriere seines Sprösslings werden könnte.

Und so geschah es dann auch:

Pompöse Hochzeit, ausgerichtet vom Brautvater Vierling – Geburt von Martin August Joswig – und schon sehr bald die Ernennung zum Staatsanwalt.

Schmerzlicher Dorn in der Seele von Großvater Heinrich war der Zweitname, welcher dem kleinen Martin verpasst wurde. Heinrich hätte ihm allemal besser gefallen als August.

Martin war von Anfang an der Liebling der ganzen Familie. Seine Erziehung gebärdete sich als ein einziger Machtkampf zwischen seinen Eltern. Der Disziplin des Vaters stand die grenzenlose Liebe der Mutter gegenüber.

Hinzu kamen noch die Großeltern beider Seiten, welche einen Narren an dem Knaben gefressen hatten. Das sollte sich auch nicht ändern, als Jahre später ein Geschwisterchen in Form eines Mädchens hinzukam.

Martin erwies sich in der Volksschule als guter Schüler, und die logische Folge war das Hinüberwechseln in das Schiller-Gymnasium.

Sein Vater, inzwischen zum Oberstaatsanwalt avanciert und überzeugter Rotarier, gehörte zur Upperclass der Stadt. Er war sogar ein Jahr lang Governor dieses Clubs.

Martin, der eigentlich so etwas wie Stolz darüber empfinden sollte, was sein Vater machte, reagierte völlig konträr.

Der massive Druck, welchen sein Vater auf ihn ausübte, drohte ihn zu ersticken. Höchstleistungen wurden gefordert und ohne Wenn und Aber auch erwartet, eben ganz im Sinne der Joswiger.

Martins Gene tendierten jedoch eher in Richtung der Vierlingers, die es zwar zu etwas gebracht hatten, aber ohne die ihnen fremde preußische Zucht und Ordnung.

Im Rotarier-Club war alles versammelt, was in der Stadt Rang und Namen hatte: Der Gerichtspräsident ebenso wie der Direktor des Gymnasiums, der kaufmännische Leiter des Krankenhauses, der Generaldirektor der „Winkler-Werke" und viele andere mehr.

Letzterer sollte im späteren Leben des Martin Joswig noch eine große Rolle spielen. Genauer gesagt, dessen lieb Töchterlein.

Was die holde Weiblichkeit im Leben des Martin Joswig angeht, so war diese dem Knaben mehr als zugetan. Er war gern gesehener Gast bei Parties, welche von Mitschülern und Mitschülerinnen veranstaltet wurden.

Es war die Zeit von Rock and Roll, Petticoats und wilden Parties. Und es war die Zeit der übergroßen Lebenslust. Es war aber auch die Zeit der Proteste. Und das war somit ohne Zweifel auch die Zeit von Martin Joswig.

Bei irgendwelchen Protestaktionen war er stets vorne mit dabei, sehr zum Leidwesen seines alten

Herrn, dessen Ermahnungen ebenso wenig fruchteten wie die flehentlichen Bitten solchen Veranstaltungen fernzubleiben.

Martin gefiel sich in seiner Rolle als kleiner Revoluzzer sehr, und sie brachte ihm die bedingungslose Hingabe der Mädchen ein. Und das sehr wohl auch in körperlicher Hinsicht.

Es gefiel ihm umschwärmt zu sein, und er kostete es voll aus. Seine Beziehungen hielten jedoch nicht lange und so manch gebrochenes Herz ging auf seine Rechnung.

Das Abitur hatte den Charakter eines Geschenks, denn dass er die Prüfung bestanden hatte, war nicht primär auf seinen schulischen Leistungen zurückzuführen, als vielmehr auf die guten Connections im Rotary Club seines Vaters.

Nach dem Abitur fuhr Martin erst einmal für zwei Wochen ans Meer. Sein Vater hatte ihm den „Erholungsurlaub" finanziert, nicht jedoch ohne Martin vorher das Versprechen abzunehmen, sich nach dem Urlaub für das Jura-Studium anzumelden.

Martin hatte sich für „La Gomera", die Insel der Seligen entschieden. Was sein Vater nicht wusste, war, dass sich sein Sohn mit dem Gedanken trug für immer auf der Insel zu bleiben.

Zu jener Zeit gab es im „Valle Gran Rey", auch liebevoll nur „Valle" genannt, weder Strom noch Telefon. Aber sehr viel Liebe. Es war die Hochblüte der „Hippie-Zeit".

Verlief die erste Woche noch recht gut, so litt der verwöhnte junge Mann im Verlauf der zweiten Woche heftig unter Entzugserscheinungen.

Die sanitären Verhältnisse, die sehr schlichte Schlafstelle - meistens unter freiem Himmel - und anderes mehr verloren doch sehr schnell ihren speziellen Reiz.

Die Zivilisation streckte ihre Hand nach Martin aus, und er ergriff sie willig. Als er wieder im Flieger in die Heimat saß, empfand er eine rechte Freude.

So kam es dann, dass Martin Joswig ein „Studiosus Juris" wurde und damit seinen Vater mit großem Stolz erfüllte.

Aber dessen nicht genug, gefiel es dem jungen Studenten der Rechtswissenschaften sich einer schlagenden Verbindung anzuschließen.

Dadurch verfügte er über ein äußerst wirkungsvolles Ventil, über welches er den Dampf ablassen konnte, der sich durch das mehr oder weniger aufgezwungene Studium ohne Unterlass bei ihm bildete.

Es dauerte auch nicht lange, und Martin konnte seine erste Mensur mittels eines Schmisses belegen, der sein schönes Antlitz noch viel mehr zur Geltung brachte.

„Mensur", das ist jener unsinnige Fechtkampf, in dessen Verlauf sich zwei offenkundig noch nicht erwachsene Menschen mit scharfen Waffen, „Schläger" genannt, gegenseitig auf den Kopf hauen.

Das „Pauken", wie man diese Tätigkeit nennt, wird von den Verbindungen als wichtige Hilfe zur Persönlichkeitsbildung angesehen.

Was jedoch die besagte Persönlichkeitsbildung anging, so sollte diese bei Martin erst wesentlich später als erwartet einsetzen.

Eine andere Mensur als die mit Waffen ist die „Biermensur", auch „Bierjunge" oder „Bierduell" genannt. Hierbei gilt es sein Gefäß in größtmöglicher Geschwindigkeit zu leeren und danach senkrecht abzusetzen.

Zuweilen wird auch vor dem Trinken ein Zweizeiler verlangt, wie beispielsweise:

„Saufen ist das allerbest
schon zu Christi Zeit gewest."

Martin Joswig war bei solchen Anlässen immer gern zugegen. Man könnte sagen, dass er viel Zeit damit verbrachte, sowohl Mensuren mit einem „Schläger" als auch und mit dem Bierhumpen zu bestreiten.

Die wenige Zeit, die neben diesen Tätigkeiten zur Persönlichkeitsbildung und dem gelegentlichen Lernen übrigblieb, widmete Martin dem anderen Geschlecht.

Dabei handelte es sich primär nicht um junge Damen der Gesellschaft, sondern vielmehr um die Weiblichkeit „aus dem niederen Volke".

Eine davon hieß Renate Volkmann und war eine nette und äußerst hübsche Verkäuferin. Und wie es das Schicksal wollte, wurde sie vom Herrn Studiosus schwanger.

Nun war guter Rat teuer. Die „Frucht der Sünde" gebären, das ging auf gar keinen Fall. Damit wäre die hoffnungsvolle Karriere des Martin Joswig jäh zu Ende gewesen, noch bevor sie richtig begonnen hatte.

Und wieder schlug das Schicksal gnadenlos zu. Renate Volkmann hatte einen Abortus. Die genauen Umstände kamen nie so recht ans Tageslicht.

Der Vater von Hermann war über die Maße erleichtert. Martin selbst war es ebenso; aber auch ein wenig traurig.

Und Renate Volkmann war um eine Erfahrung reicher und hatte erst einmal von Männern die Nase voll.

Kaum war dieses „Malheur" ausgestanden, kam schon das nächste um die Ecke. Martin schmiss die Zwischenprüfung und wurde exmatrikuliert.

Im Hause Joswig brodelte es gewaltig. Papa Ernst-Wilhelm hatte Schaum vorm Mund, als er vom Versagen seines Sprösslings erfuhr.

„Von mir bekommst du keinen Pfennig mehr", so seine Drohung, *„sieh zu, was du aus deinem weiteren Leben machst."*

Und das tat Martin Joswig dann auch. Er meldete sich freiwillig zum Militär, mit dem Fernziel Offizier zu werden. So verfügte er über ein geregeltes Einkommen, Kleidung und Unterkunft und den nötigen Abstand zu seinem Elternhaus.

*****

Es waren wohl die klaren Strukturen, welche Martin auf die Erfolgsspur gebracht hatten. Und vielleicht auch ein wenig ein aus dem Nichts aufgetretener Ehrgeiz es schaffen zu wollen.

Martin hatte seit damals sein Elternhaus nicht mehr betreten. Er traf sich jedoch gelegentlich heimlich mit seiner Mutter in einem Kaffeehaus.

Erst viele Jahre später kam es zu einem Wiedersehen mit dem Vater. Es war anlässlich des alljährlich stattfindenden Regimentsballs in der Kaserne.

Major Martin Joswig begrüßte seinen Vater, den Oberstaatsanwalt Ernst-Wilhelm Joswig. Es war ein berührendes Wiedersehen.

Vater Joswig hatte Mühe seine Tränen zurückzuhalten. Es war eine Mischung aus Freude und Stolz. Er hätte es sicher lieber gesehen, wenn Martin in seine Fußstapfen getreten wäre, aber der Anblick des Herrn Major in seiner schmucken Uniform vermochte den Vater durchaus zu trösten.

Oberst Reinhard von Beschwitz war hinzugetreten. Er begrüßte zuerst Martins Mutter mit einem galanten Handkuss und danach den Freund Ernst-Wilhelm.

„Ich freue mich sehr, dass Du uns mit Deiner lieben Gattin die Ehre erweist, mein Lieber, und ich hoffe, dass Ihr einen schönen Abend verbringen werdet. Jetzt überlasse ich Euch aber der Obhut von Major Joswig."

Mutter Hilde Joswig konnte mit dieser Art des Redens nicht wirklich etwas anfangen, und sie quittierte es mit einem leicht gequälten Lächeln. Als der Oberst sich jedoch abgewandt hatte, verwandelte sich ihr Gesicht in ein strahlendes Lächeln.

„Vater und Sohn wieder vereint, welche Freude", ging es ihr durchs Gemüt, und sie ließ es geschehen, als ihr Tränen in die Augen stiegen.

Major Martin Joswig führte seine Eltern an einen Tisch, an welchem schon andere Gäste Platz genommen hatten. Es waren dies Herbert Winkler, Inhaber der „Winkler-Werke", einer renommierten Firma, die Motoren für einen großen deutschen Automobilkonzern herstellt, nebst Gattin Margot und Tochter Veronika.

Man machte sich untereinander bekannt und geizte nicht mit Komplimenten. Der „Firmenmogul" Winkler umschmeichelte den Herrn Oberstaatsanwalt, wohl im Hinterkopf habend, dass man nie weiß, ob man nicht einmal auf das Wohlwollen des hohen Beamten angewiesen sein könnte.

Und Veronika, das Töchterchen, mit Reizen ausgestattet, die sich sehen lassen konnten, hielt damit auch nicht hinterm Berg. Sie startete umgehend eine Flirtoffensive, welcher sich der fesche Offizier nicht zu entziehen vermochte.

Als das Essen serviert wurde, verspürte Martin in aller Deutlichkeit, wie sehr sein Vis-à-vis zur Sache ging. Ein zartes Streifen von Veronikas Fuß an seinem Bein brachte Martin umgehend in Wallung.

Blicke der beiden flogen wie Pfeile wild durch die Luft und jeder einzelne traf. Veronika ließ deutlich erkennen, wie der gerade eben begonnene Abend zu Ende gehen würde.

Als die Kapelle nach dem Essen zum Tanz aufspielte, und Martin mit Veronika das Tanzbein schwang, wurde auch die letzte Unklarheit beseitigt.

Veronika schmiegte sich dermaßen eng an ihren Tanzpartner, dass dieser in hellen Flammen stand.

Martin begann zu transpirieren. Das geschah wohl weniger der Hitze wegen, die zweifellos auf der Tanzfläche vorhanden war, als vielmehr vor Erregung.

„Ist Ihnen heiß, Herr Major?", fragte Veronika mit einem süßen Lächeln, und bevor Martin antworten konnte, fuhr Veronika fort:

„Begleiten Sie mich in die Bar, ich lade Sie auf ein kühlendes Getränk ein."

Martin reichte seiner Tanzpartnerin den Arm und führte sie in die Bar. Obwohl es noch früh am Abend war, herrschte schon reger Betrieb.

„Zwei Glas Champagner, bitte!", sagte Veronika, und der Mann hinter dem Tresen entgegnete wahrheitsgemäß:

„Es tut mir leid, meine Dame, wir haben keinen Champagner. Darf es auch Sekt sein?"

„Wenn es keinen Champagner gibt, haben wir wohl keine andere Wahl, nicht wahr, junger Mann?", sagte Veronika lächelnd.

Der junge Mann hinter dem Tresen fühlte eine leichte Verunsicherung. Er füllte zwei Gläser und reichte sie mit einem *„sehr zum Wohl!"* an die beiden Gäste.

„Setzen wir uns dort hinten hin, da ist noch ein freies Plätzchen", sagte Veronika und strebte einem kleinen Tischchen zu, das etwas weiter hinten im

24

Raum stand, wo nur eine spärliche Beleuchtung vorhanden war.

Martin nahm die zwei Gläser und folgte seiner Partnerin nach. Sie setzten sich nieder und prosteten einander zu. Veronika leerte ihr Glas in einem Zug mit der Bemerkung:

„Das war jetzt dringend notwendig."

Dann legte sie ihre Hand auf die Hand von Martin und sagte:

„Seien Sie ein Schatz, Major, und holen Sie uns noch zwei Gläser."

Martin erhob sich und war schon in Richtung Tresen unterwegs, als Veronika hinterherrief:

„Und bringen Sie etwas zu rauchen mit!"

Martin kam zurück und setzte die Gläser ab. Dann öffnete er eine Zigarettenschachtel, welche er dem Barmann abgeschwatzt hatte und bot Veronika eine Zigarette an.

Als er ihr Feuer reichte, hielt Veronika Martins Hand lange fest und sah ihn an. Martin erkannte im Schein des Feuerzeugs das Funkeln in Veronikas Augen.

Es war der Blick eines Jägers, der seine Beute fixierte. Und wer die Beute war, stand in diesem Augenblick außer Frage.

Was danach folgte, geschah wie von selbst. Veronika beugte sich zu Martin und küsste ihn.

„Ich glaube, ich habe mich in dich verliebt, mein Gardeoffizier", sagte Veronika und ihr Kuss sprach eine klare Forderung aus, der sich Martin nicht zu entziehen vermochte.

„Hat es Ihnen gefallen, mein Herr?"

Veronika lag neben Martin, den Unterarm aufgestützt, und sah ihn mit einem breiten Grinsen an. Sie waren nach Mitternacht in ein nahegelegenes Hotel gefahren und hatten sich ein Zimmer genommen.

Martin hatte, nachdem er den Eltern von Veronika angetragen hatte ihre Tochter nachhause zu bringen, seine Uniform gegen Zivilkleidung ausgetauscht. Er verließ die Kaserne fast immer in Zivilkleidung, was nicht immer gut ankam.

Martin sah Veronika an. Sie genoss ihre Nacktheit und sie wusste um deren Wirkung. Als sie sich über ihn beugte und ihre Brüste ihn sanft streiften, begann sein Körper zu vibrieren.

„Du hast mir noch nicht geantwortet", sagte Veronika in einem gespielt vorwurfsvollen Ton, *„am besten, wir machen es gleich noch einmal."*

Und bevor Martin darauf antworten konnte, verschmolzen ihre Körper erneut, um sich in einem Taumel der Ekstase zu verlieren.

Nach dieser Nacht trafen sich Martin und Veronika regelmäßig. Obwohl Martin Zweifel an dieser Verbindung hegte, vermochte er sich jedoch nicht von Veronika loszusagen.

Herz und Verstand fochten einen ungleichen Kampf aus, wobei „Herz" genaugenommen gegen einen anderen Körperteil ausgetauscht werden sollte.

Die körperliche Anziehungskraft der Nymphomanin Veronika, denn um eine solche handelte es sich zweifellos, ließ Martin nicht los, so sehr er es sich manchmal auch wünschte.

Es dauerte nur wenige Wochen, bis Martin von Veronikas Eltern zum Essen eingeladen wurde. Bewaffnet mit einem wunderschönen Strauß Blumen stand Martin an einem späten Sonntagvormittag am Eingang der Villa.

Ein Dienstmädchen öffnete und bat Martin einzutreten.

„Willkommen, lieber Martin – ich darf Sie doch so nennen? Ich freue mich sehr, dass Sie unserer Einladung gefolgt sind."

Mit diesen Worten und einem honigsüßen Lächeln empfing Margot Winkler den Besucher. Martin bedankte sich mit einem Handkuss und überreichte der Dame des Hauses den Strauß.

Veronika küsste Martin, als wären sie allein.

„Muss Liebe schön sein", witzelte der Hausherr und umarmte Martin. Martin fühlte sich unwohl. Am liebsten wäre er sofort wieder gegangen. Dieses Gefühl verstärkte sich noch, als Herbert Winkler ihn wie selbstverständlich duzte.

„Möchtest du einen Aperitif vor dem Essen, mein Lieber?"

„Aber Herbilein, du kannst doch Herrn Martin nicht einfach duzen", intervenierte Margot Winkler.

„Aber ja doch, Gottchen", antwortete Herbert Winkler, *„wo der Junge doch quasi zur Familie gehört."*

Martin Joswig verspürte Abscheu. Er war sich nur nicht klar darüber, woher dieser stammte. War es das kindliche Verstümmeln der Vornamen oder die joviale, amikale Art, mit dem man ihm gerade begegnete.

Herbert, Herbi Winkler riss Martin aus seinen Gedanken.

„Ein Glas Champagner oder etwas Stärkeres? Was meinst du?"

Martin starrte den Hausherrn ungläubig an. Er suchte nach einer Antwort, wurde aber nicht fündig.

Es war Veronika, die ihn schließlich erlöste.

„Jetzt lass meinen Schatz doch erst einmal ankommen, Papi. Und dann gieß uns einen Champagner ein zur Begrüßung."

„Mach ich, mein Püppilein". antwortete Herbert Winkler, und Martin fragte sich in diesem Augenblick, wie es möglich war, dass ein so infantiles Wesen wie Herbert Winkler ein Firmenimperium aufgebaut hatte, das seinesgleichen suchte.

Als alle dann bei Tisch saßen, stierte Margot Winkler Martin und Veronika an, als wolle sie jeden Augenblick etwas sagen. Aber es geschah nichts dergleichen.

„Du strahlst ja so, mein Gottchen", sagte stattdessen Herbert Winkler, *„man könnte meinen, es wäre Weihnachten, und das Christkind käme jeden Moment bei der Tür herein."*

„So fühle ich mich auch, Herbilein", entgegnete Margot Winkler, *„ich bin ja so glücklich, dass unser Püppilein einen so feschen und lieben Mann gefunden hat."*

In diesem Augenblick machte es heftig „Ding-Dong" im Kopf von Martin Joswig. Er glaubte Hochzeitsglocken läuten zu hören.

Veronika hatte den entsetzten Gesichtsausdruck in Martins Gesicht entdeckt und begann sofort mit der Schadensbegrenzung. Sie wandte sich Martin zu und sagte lächelnd:

„Du darfst das nicht so ernst nehmen, was meine Mutter sagt. Sie will mich schon seit Jahren unter die Haube bringen, obwohl sie weiß, dass ich niemals heiraten werde."

Was bei Martin Erleichterung auslöste, ließ die Augen von Margot Winkler funkeln. Es war ein zürnender Blick, welchen sie ihrer Tochter entgegenschleuderte.

„Das Essen ist aufgetragen, gnädige Frau."

Dieser Satz von Helga, dem Dienstmädchen im Hause Winkler verschaffte allen Anwesenden die dringend nötige Kühlung.

„Dann lasst uns jetzt hinüber ins Esszimmer gehen", sagte Herbert Winkler mit einer einladenden Handbewegung, und dem geschah dann auch so.

Nach dem Essen wurde noch ein wenig Smalltalk geführt und danach verließen Martin und Veronika die Villa, um den Rest des Tages allein zu verbringen.

„Beim nächsten Mal bringst du deine lieben Eltern mit, mein Junge", sagte Herbert Winkler beim Verabschieden, begleitet von einem aufmunternden Klaps auf die Schulter von Martin.

„Und grüßen Sie die Eltern recht lieb von uns", fügte Margot Winkler noch hinzu, und Martin war überrascht, dass sie ihn nicht geduzt hatte.

Als sie im Auto Richtung Stadt fuhren, lehnte sich Veronika an Martin und sagte:

„Meine Eltern sind schrecklich. Ich hoffe, du bist ihnen nicht böse. Ich glaube, sie mögen dich wirklich."

„So schlimm war es gar nicht", antwortete Martin, *„ich mag sie recht gern."*

Martin hätte sich am liebsten die Zunge abbeißen wollen ob dieser Lüge, und es war ihm unbegreiflich, was ihn da gerade geritten hatte.

Sie fuhren wieder in das kleine Hotel und liebten sich.

„Es ist schade, dass du keine ‚Wohnung hast", sagte Veronika, *„das Hotel ist nicht gerade der optimale Ort für ein Liebesnest."*

„Ich bin nun einmal Soldat", antwortete Martin, *„und außerdem habe ich ja noch mein Zimmer in meinem Elternhaus."*

„Das du aber nicht benützt", entgegnete Veronika. Und nach einer kurzen Pause:

„Ich werde Papi bitten uns ein kleines Apartment in der Stadt zu kaufen."

„Das machst du auf gar keinen Fall", entgegnete Martin mit erhobener Stimme, *„das möchte ich nicht."*

„*Zu Befehl, Herr Major!*", sagte Veronika und führte ihre Hand zum Kopf, als wolle sie militärisch grüßen."

„*Du verrücktes Huhn*", entgegnete Martin und lachte.

„*Verrückt?*", sagte Veronika, „*ja, verrückt nach dir, du wilder Hengst.*"

Und dann warf sie sich auf Martin, um ihn in einen Strudel der Leidenschaft zu ziehen, aus dem es kein Entrinnen gab.

*****

Es war schon recht lange her, dass Martin sein Elternhaus besucht hatte, und es hatte ihn große Überwindung gekostet diesen Schritt zu gehen. Ein seltsames Gefühl beschlich ihn, als er sein Zimmer betrat.

„*Wie du siehts, ist alles noch so wie früher.*"

Martins Mutter war hinter ihn getreten und hatte ihre Hand auf seine Schulter gelegt.

„*Vater freut sich sehr, dass du wieder bei uns wohnen wirst.*"

„*Ganz so ist es nicht, Mutter*", entgegnete Martin, und bevor er weitersprechen konnte, unterbrach ihn seine Mutter:

„*Es wird sich schon alles ergeben, mein Liebling, meinst du nicht?*"

Martin sah in das freudige Gesicht seiner Mutter, und er brachte es nicht übers Herz seinen Einwand zu Ende zu bringen. Stattdessen lächelte er nur und nickte.

Als sie am Abend gemeinsam beim Essen saßen, lenkte Vater Joswig das Gespräch auf die Familie Winkler.

„*Wie läuft es denn mit der Tochter vom alten Winkler?*"

Martin war über die Wortwahl seines Vaters überrascht.

„*Sie heißt Veronika, Vater*", antwortete Martin, „*die Tochter vom <alten Winkler> heißt Veronika.*"

„*Ich weiß, mein lieber Sohn*", antwortete Ernst-Wilhelm Joswig, „*der Name war mir nur entfallen.*"

Martin fühlte sich unwohl. Er begann seinen Entschluss, wieder in sein altes Zimmer einzuziehen, ein wenig zu bereuen. Vielleicht war es ja doch keine so gute Idee.

„Sie ist schon sehr hübsch, deine Veronika", sagte Martins Mutter und schickte ihm ein aufmunterndes Lächeln.

„Bring sie doch mal mit zu uns", ergriff der Vater erneut das Wort, *„am besten gleich mit ihren lieben Eltern zusammen. Dann können wir uns alle etwas besser kennenlernen."*

„Das ist eine wunderbare Idee, Martin", bestärkte Martins Mutter den Vorschlag ihres Gatten, *„vielleicht gleich am nächsten Sonntag zu Papas sechzigsten Geburtstag."*

Jetzt wäre der rechte Moment gewesen, die soeben losgetretene Lawine noch zu stoppen; aber Martin tat nichts dergleichen.

Er saß nur stumm da, mit einem ausdruckslosen Gesicht und eigentlich eines Soldaten im Rang eines Stabsoffiziers total unwürdig.

Die Lawine begann zu rollen und stürzte unaufhaltsam hinunter ins Tal, um Martin Joswig darunter zu begraben.

Er würde von der Familie Winkler aufgesogen und verschlungen werden, und er würde sich seinem Schicksal treu ergeben.

Aber zuvor würde noch mit Pauken und Trompeten der 60. Geburtstag seines Vaters gefeiert werden.

Alles, was Rang und Namen hatte, war erschienen. An oberster Stelle der Gerichtspräsident, Dr. Waldemar Steinle. Danach die Honoratioren des Rotary Clubs, wie Oberstudiendirektor Harald Metz, der Leiter des Gymnasiums, Herr Mag. Werner Holzinger, der kfm. Leiter des Krankenhauses, und nicht zuletzt Generaldirektor Herber Winkler, Chef der „Winkler-Werke", nebst Gattin und Töchterlein. Ein paar weniger bekannte Gäste waren ebenfalls zugegen.

Es war ein wenig nach Mitternacht, als sich Martin und Veronika in Martins Zimmer zurückzogen. Ein Großteil der Gäste war schon gegangen, nicht jedoch das Ehepaar Winkler.

Sie saßen mit dem Geburtstagskind und dessen Gattin zusammen und schmiedeten Pläne. Pläne, die sich einzig um das Wohl der lieben Kinder drehten.

Als Veronika in das Zimmer von Martin trat, bemerkte sie ein Bild von einer Frau an der Wand.

„Wer ist das?", fragte sie, „eine Trophäe, eine deiner Verflossenen?"

In Martin krampfte sich alles zusammen. Er hatte große Mühe sich zu beherrschen. Einmal mehr kam ihm in den Sinn, ob er nicht dabei war einen Riesenfehler zu begehen. Veronika war ein „Buch mit sieben Siegeln" für ihn.

Wenn sie sich geliebt hatten, war sie ein anderer Mensch. Sie war sanft, zärtlich, ja fast liebevoll. Und dann wieder ein Kontrastprogramm wie gerade eben.

„*Das ist Judith, meine kleine Schwester*", antwortete Martin.

„*Oups*", kam die angedeutete Entschuldigung aus dem Mund von Veronika, um danach zu fragen:

„*Und warum ist das lieb Schwesterlein heute nicht hier, um mit Papi Geburtstag zu feiern?*"

„*Ich glaube, es ist besser du geht jetzt*", sagte Martin, sichtlich erregt.

„*Was hast du, Martin?*", fragte Veronika, der nicht entgangen war, dass sie offensichtlich einen wunden Punkt getroffen hatte, „*das war doch nur eine ganz einfache Frage.*"

„*Meine Schwester ist tot*", presste Martin heraus und seine Augen füllten sich mit Tränen.

„*Das wusste ich nicht, bitte verzeih; es tut mir wirklich leid.*"

Das waren die Worte einer Frau, welche Martin in diesem Augenblick nicht von ihr erwartet hätte. Als Veronika Martin in den Arm nahm, hatte sie ebenfalls Tränen in den Augen.

„*Ich werde dich nie mehr verletzen, mein Liebling, das verspreche ich dir. Du bist der erste Mensch, den ich in mein Herz hineinlasse.*"

*****

Major Joswig war überrascht, als er die Stimme von Veronika am Telefon vernahm.

„Wann hast du heute Arbeitsschluss, mein Gardeoffizier?"

Veronika liebte es Martin so zu nennen, und Martin gefiel es.

„Es heißt Dienstschluss, du Schaf", antwortete Martin lachend, *„und der ist um 17 Uhr."*

„Du kannst mich doch nicht Schaf nennen", sagte Veronika leicht entrüstet, *„vielleicht Lämmchen, aber nicht Schaf. Ich hole dich nachher ab. Und sei bitte pünktlich; ich habe eine Überraschung für dich."*

„Mache ich, mein Lämmchen", antwortete Martin, *„ich freue mich schon."*

„Ich mich auch", antwortete Veronika und beendete das Gespräch.

Als Martin später am Eingang der Kaserne von Veronika mit einem Kuss begrüßt wurde, ertönte ein bewundernder Pfiff aus Richtung der Soldaten, die auf Torwache standen.

Martin drehte sich um, konnte den Pfeifer jedoch nicht ausmachen. Veronika zog Martin beim Arm und sagte:

„Lass doch, mein Liebling, ich betrachte das als ein Kompliment. Komm, steig bitte ein!"

„*Der Mann hat Wachdienst, da kann er solche Mätzchen nicht machen*", entgegnete Martin schroff.

„*Er ist doch auch nur ein Mann*", erwiderte Veronika.

„*Das ist egal*", ließ Martin nicht locker, „*Dienst ist Dienst und Schnaps ist Schnaps.*"

„*Und du bist jetzt außer Dienst, mein Gardeoffizier*", sagte Veronika, „*und ab sofort nur noch mir unterstellt.*"

Gegen diese Charmeoffensive vermochte sich Martin nicht zu wehren; er streckte die Waffen und stieg ein.

Veronika fuhr in eines der schönsten und wohl auch teuersten Wohngebiete der Stadt. Sie parkte vor einem Haus mit mehreren Stockwerken.

„*Ich habe ein Geschenk für dich*", sagte Veronika und überreichte Martin ein kleines Schächtelchen, umbunden mit einer goldenen Gummischnur.

„*Was ist das?*", fragte Martin vorsichtig, in der Hoffnung, dass nicht gleich ein Verlobungsring aus der Schachtel springen möge.

„*Keine Angst, mein Schatz*", antwortete Veronika, als hätte sie die Gedanken von Martin lesen können, „*es ist kein Heiratsantrag.*"

Martin öffnete vorsichtig das Schächtelchen und sah Veronika verwundert an. Dann entnahm er einen Schlüssel und hielt ihn Veronika entgegen.

„Was ist das?"

„Jetzt überraschst du mich aber", sagte Veronika, *„ich war mir sicher, du würdest erkennen, was das ist. Das ist ein Schlüssel, mein Schatz. Mit dem kann man Türen auf- und auch zusperren."*

Und bevor Martin darauf eingehen konnte, sagte Veronika:

„Wir steigen jetzt aus und dann probierst du gleich einmal, ob der Schlüssel in diese Tür passt."

Als sie das sagte, deutete sie auf die Eingangstür des Hauses, vor dem sie sich gerade eingeparkt hatten. Dann stieg sie aus und ging auf die Tür zu, davon ausgehend, dass der „kleine Gardeoffizier" ihr willig folgen würde.

Martin steckte den Schlüssel in die Eingangstür und schloss auf. Veronika ging hindurch und marschierte schnurstracks weiter zum Lift.

Im Liftinneren entnahm sie ihrer Tasche einen weiteren Schlüssel und steckte ihn in ein separates Schloss. Dann drückte sie auf den obersten Knopf und schaute in das regungslose Gesicht von Martin.

„Du sagst gar nichts, bist du nicht neugierig?"

Martin antwortete nicht. Er verstand gerade nicht, was da passierte. Er ließ es ganz einfach nur geschehen.

Der Lift hielt an und die Tür öffnete sich. Jetzt begann das große Staunen bei Martin.

Als die Tür offen war, schaute er direkt in eine Wohnung hinein. Was er bisher nur von Hollywoodfilmen kannte, erlebte er gerade eben in der Realität.

„Willkommen, mein Schatz, das ist unsere gemeinsame Wohnung. Ich hoffe sehr, dass du dich wohlfühlen wirst."

Martin machte einen kleinen Schritt in die Wohnung hinein. Die Tür des Fahrstuhls schloss sich und der Fahrstuhl fuhr wieder hinunter.

Veronika nahm Martins Hand und führte ihn herum. Er staunte nicht schlecht, als er die Räumlichkeiten betrachtete, durch welche Veronika ihn gerade herumführte. Martin befand sich in einem Penthouse, hoch über den Dächern der Stadt.

„Das ist ja ein Wahnsinn."

Zu mehr war Martin augenblicklich nicht fähig. In seinem Kopf drehte sich alles, die Situation drohte ihn beinahe zu erschlagen.

„Zieh dich aus, mein Schatz", sagte Veronika, *„wir setzen uns in den Whirlpool und dann erzähle ich dir alles."*

Veronika hatte an alles gedacht. Am Rand des Whirlpools standen zwei Gläser und eine Flasche Champagner, und aus der Musikanlage drang romantische Musik.

„Schenkst du uns bitte ein?", sagte Veronika, als sie zu Martin in den Pool stieg. Sie setzte sich ihm gegenüber, stieß mit ihrem Glas an das seine und sagte:

„Auf unsere schöne Wohnung, auf uns und dass wir viele schöne Stunden hier verleben werden."

Martin war wie ferngesteuert. Er nahm einen kräftigen Schluck aus dem Glas und stellte es danach an den Rand zurück. Dann schaute er Veronika fragend an.

„Du willst sicher wissen, woher diese tolle Wohnung stammt", sagte Veronika, *„das will ich dir sagen; es ist ein Geschenk von meinem lieben Papi."*

„Die muss ja ein Vermögen gekostet haben", entfuhr es Martin spontan, *„und die gehört jetzt dir?"*

„Uns, mein Schatz", erwiderte Veronika, *„die Wohnung gehört uns. Papi betrachtet sie als unser vorgezogenes Hochzeitsgeschenk."*

Martin erschrak. Er sah Veronika entgeistert an und fragte:

„Und wie betrachtest du es?"

„Sei nicht albern", antwortete Veronika, „du weißt doch ganz genau, dass Heirat für mich kein Thema ist."

„Aber für deinen Vater schon", erwiderte Martin.

„Na und?", antwortete Veronika, „lass doch dem alten Mann sein Vergnügen; es tut ja niemand weh."

Sie beugte sich zu Martin, küsste ihn und stieg aus dem Pool. Sie nahm eines der Badetücher aus dem Regal an der Wand, hielt es Martin entgegen und sagte:

„Komm, mein wilder Hengst, trockne mich ab und dann lass uns das Bett ausprobieren."

*****

Die kommenden Wochen und Monate verliefen recht harmonisch. Veronika hatte Martin inzwischen gebeichtet, dass nicht nur ihr Liebesnest auf dem Dach dem reichen Papa gehörte, sondern auch jedes einzelne Stockwerk darunter.

Martin, der schon vor langer Zeit aufgegeben hatte sich über Veronika und ihren Clan zu wundern, genoss ganz einfach die Zweisamkeit mit seiner Geliebten, die es immer wieder schaffte ihn in den „sexuellen Olymp" zu führen.

Das ging so lange gut, bis Veronika eines Tages die drei bedeuteten Worte sagte. Aber es waren nicht die himmlischen Worte *„Ich liebe dich"*, sondern die Hiobsbotschaft *„Ich bin schwanger"*.

Martin sah Veronika voller Entsetzen an.

„Wie ist das möglich?", fragte er, *„du nimmst doch die Pille."*

„Habe ich halt einmal vergessen; so what", antwortete Veronika und fügte hinzu:

„Aber du kannst dich wieder beruhigen. Wir werden nicht heiraten und das Kind bekommen wir auch nicht."

„Was heißt das?", fragte Martin.

„Muss ich dir das wirklich erklären?", sagte Veronika, und Martin empfand wieder einmal, wie sehr abgebrüht, ja eher gefühlskalt Veronika in manchen Situationen sein konnte.

„Das kommt überhaupt nicht infrage", brach es aus Martin heraus, was Veronika wiederum völlig überraschte.

„Soll das etwa heißen, wir spielen Mami und Papi?", fragte Veronika provozierend.

Martin musste spontan an Renate Volkmann denken, jene junge Frau, die vor langer Zeit von ihm schwanger war, und die das Kind unter mysteriösen Umständen verloren hatte.

Noch einmal würde er das nicht durchleben wollen. Veronika riss ihn aus seinen Gedanken.

„Du willst doch nicht ernsthaft, dass ich das Kind behalte, oder?"

„Doch das will ich, Veronika", antwortete Martin.

„Ledige Mutter mit Kind", sagte Veronika, *„das habe ich mir schon immer gewünscht."*

Da war er wieder, dieser Zynismus, der treue Weggefährte einer jungen Frau, die mit einem goldenen Löffel im Mund auf die Welt kam.

Es hatte sicher Gründe, warum Veronika so geworden war, und je mehr Martin darüber nachdachte, umso eher fiel ihm auch einer ein.

Veronika war – ebenso wie er auch – dem Druck ihres Vaters ausgesetzt, dem sie nicht standhalten konnte. Und Martin als der Versager, der nicht in die von seinem Vater vorgegebene Richtung marschieren wollte, und Veronika, ja nur ein Mädchen und zu schwach das Firmenimperium übernehmen zu können.

„Dann heiraten wir eben", sagte Martin, *„und wir werden unser Kind gemeinsam erziehen und wir werden es liebhaben."*

Veronika sah Martin an, als käme er von einem fremden Planeten. Dann klatschte sie in die Hände und applaudierte.

„Das war eine sehr ergreifende Rede, mein Gardeoffizier und der romantischste Heiratsantrag, den sich eine Frau nur wünschen kann."

Während sie das sagte, rannen ihr Tränen über das Gesicht. Es war das erste Mal, dass Veronika ihre Maske abgenommen hatte, und es berührte Martin zutiefst.

„Komm her, mein Lämmchen", sagte Martin und nahm Veronika in den Arm, *„du wirst sehen, alles wird gut."*

*****

Die Nachricht von Veronikas Schwangerschaft schlug ein wie der Blitz. Veronikas Eltern waren ebenso sehr überrascht wie die Eltern von Martin.

Und sofort stand das Thema „Hochzeit" im Raum, unterstützt von beiden Seiten. Und als die werdenden Eltern verkündeten, dass sie willig wären diesen Schritt auch zu gehen, herrschte allgemeine Erleichterung.

Aber schon wenige Tage später fiel ein großer Schatten auf die Pläne beider Familien. Major Joswig erhielt den Befehl für einen Auslandeinsatz im Rahmen der Nato.

„Da kannst du auf gar keinen Fall hingehen", sagte Veronika in einem schon fast hysterischen Tonfall. *„Oder soll ich die junge Witwe mit Kind spielen?"*

„Erstens habe ich nicht vor zu sterben", antwortete Martin, *„und zweitens sind wir ja noch gar nicht verheiratet."*

Mit dem zweiten Teil seiner Äußerung wollte Martin etwas Entspannung in den augenblicklichen Gemütszustand von Veronika bringen, was jedoch tüchtig danebenging.

„Spinnst du jetzt total", schrie Veronika mit Tränen in den Augen, *„wie kannst du nur Witze darüber machen."*

Martin war erstaunt über Veronikas Reaktion. Die sonst so kühle, dem Zynismus stets nahe Frau, zeigte plötzlich Gefühle, von denen Martin bislang geglaubt hatte, sie habe sie überhaupt nicht.

„Jetzt beruhige dich doch erst einmal, Lämmchen", sagte Martin in versöhnlichem Ton, *„so schnell stirbt es sich nicht. Ich verspreche dir, ich werde heil und in einem Stück zurückkehren."*

„Liebst du mich überhaupt?"

Diese Frage warf Martin fast um. Liebe war zu keiner Zeit ein Thema zwischen ihm und Veronika. Zumindest nicht die Form von Liebe, welche Veronika gerade eben angesprochen hatte.

„*Warum antwortest du nicht?*", legte Veronika nach.

„*Liebst du mich denn?*", konterte Martin, um Zeit zu gewinnen. Er fühlte sich völlig hilflos. Die Frage hatte sich ihm nie gestellt, und er war der Meinung, dass das auch für Veronika gegolten hatte.

„*Ich weiß es nicht*", kam die Antwort von Veronika, „*und wie es aussieht, weißt du es auch nicht.*"

Herbert Winkler hatte inzwischen Nägel mit Köpfen gemacht. Er hatte ein paar Register gezogen und schon eine Woche nach Bekanntwerden des Marschbefehls für seinen künftigen Schwiegersohn standen Veronika und Martin vor dem Standesbeamten.

Dem vorausgegangen war ein eindringliches Gespräch mit dem jungen Paar, in dessen Verlauf er klar zum Ausdruck gebracht hatte, dass er auf „geordnete Verhältnisse" bestand, und dass er sich um alles kümmern würde.

Und was genau das zu bedeuten hatte, sollte Martin schon sehr bald erfahren.

Veronika hatte sich anfangs gegen eine kirchliche Hochzeit gesträubt, war aber dann doch dem väterlichen Druck erlegen. Martins Eltern zeigten sich mit allem höchst eiverstanden, und sie konnten gar nicht oft genug ihre Dankbarkeit gegenüber dem Vater von Veronika bekunden.

Der große Tag fand bei strahlendem Sonnenschein statt. Veronika – in einem Traum von Brautkleid – und Martin – in seiner Galauniform – saßen in einer weißen Kutsche, gezogen von zwei weißen, festlich herausgeputzten Pferden.

In zwei weiteren Kutschen saßen die Eltern der beiden, sowie eine Freundin von Veronika und Hauptmann Fröhlich, ein Freund von Martin, welche als Trauzeugen fungierten.

Als das frisch vermählte Paar die Kirche verließ, standen Kameraden von Martin am Ausgang und bildeten ein Spalier.

Dann ging die Fahrt zurück in die Villa Winkler, wo schon alles für den Empfang vorbereitet war.

Die Hochzeitsgesellschaft bestand fast aus den gleichen Gästen wie bei Ernst-Wilhelm Joswigs Geburtstagsfeier, nur dass noch ein paar Gäste mehr geladen waren.

Zu Martins größtem Erstaunen war unter den Gästen auch sein Vorgesetzter, Oberst Reinhard von Beschwitz, jedoch in Zivilkleidung.

Er sprach dem Brautpaar seine Glückwünsche aus und sagte dann zu Martin gewandt:

„Ich habe später noch ein kleines Geschenk für Sie, mein lieber Joswig."

Martin sah seinen Vorgesetzten erstaunt an. Er kannte ihn bisher nur als akkuraten Offizier und immer recht ernst bei der Sache. Das gerade eben joviale Gehabe vermochte Martin überhaupt nicht einzuordnen.

Aber jetzt galt es erst einmal viele Glückwünsche entgegen zu nehmen und den einen oder anderen „Schulterklopfer" über sich ergehen zu lassen.

Dann setzte man sich nieder und lauschte den Ansprachen des Brautvaters und vom Vater des Bräutigams. Martin nahm alles nur schemenhaft wahr. Eine innere Unruhe hatte ihn ergriffen, und er konnte sich nicht erklären, warum dies so war.

„Geht es dir nicht gut, mein Liebling?"

Veronika war aufgefallen, dass in Martin irgendetwas vorging. Martin war blass geworden und ein leichter Schwindel ergriff ihn.

„Doch, doch, es geht mir gut", antwortete Martin, *„es ist nur gerade etwas viel für mich."*

Als Martin die Augen aufschlug, sah er in das Gesicht von Professor Dörrheimer, dem Chef des städtischen Krankenhauses.

„Wo bin ich?", sagte Martin, *„was ist passiert?"*

„Du hattest eine leichte Kreislaufschwäche, mein Liebling. Wahrscheinlich die Hitze und die enge Uniform. Onkel Werner hat dir eine Spritze gegeben. Jetzt ist alles wieder gut."

Es war Veronika, die das gesagt hatte und Martin davon in Kenntnis gesetzt hatte, dass „Onkel Werner" kein geringerer als Professor Dörrheimer war.

Martin richtete sich auf. Seine Uniformjacke hing auf einem Stuhl neben ihm und sein Hemdsärmel war hinaufgeschlagen.

„Am besten, du ziehst dir etwas Bequemeres an", sagte Veronika und Onkel Werner nickte zustimmend. Martin bemerkte jetzt erst, dass er im Schlafzimmer von Veronika war. Sie hatte ihm schon Hose, Hemd und Smoking hergerichtet.

Martin kleidete sich um und ging mit Veronika wieder zur Hochzeitsgesellschaft zurück, wo sie mit Applaus empfangen wurden.

„Geht es dir wieder gut, mein Junge?", fragte sein Schwiegervater und Martin bejahte. Er fühlte sich tatsächlich wieder besser, und er freute sich darüber.

Er fühlte sich so gut, dass er mit viel Schwung und großer Freude vor den Augen einer illustren Gesellschaft, die ihn gerade mit offenen Herzen bei sich aufnahm, den Hochzeitstanz absolvierte hatte.

Das Fest war in vollem Gange, die Stimmung war riesig und alle waren zufrieden. Martin dachte an nichts Böses, als ihn sein Schwiegervater in die Bibliothek bat.

Als er eintrat, waren schon andere Herrn zugegen. Es waren dies sein Vater, Professor Dörrheimer, vulgo Onkel Werner und Oberst von Beschwitz.

Letzterer trat auf Martin zu und teilte ihm - im selben jovialen Ton, wie schon ein paar Stunden zuvor - mit, dass ihm der Auslandseinsatz erspart bleiben würde.

Martin schaut seinen Vorgesetzten fassungslos an. Er brauchte eine Weile, bis er begriff, was ihm gerade offenbart worden war.

„Aber wieso denn?", fragte Martin.

„Was jetzt gesprochen wird, bleibt in diesem Raum."

Dieser kryptische Satz erschreckte Martin zutiefst. Er kam von Herbert Winkler, seit ein paar Stunden Martins Schwiegervater.

„Mein lieber Junge. Du siehst in diesem Raum vier Mitglieder des Rotary Clubs versammelt. Wie du vielleicht weißt, sind unsere Ziele humanitäre Dienste, Einsatz für Frieden und Völkerverständigung, sowie Dienstbereitschaft im täglichen Leben."

Martin begann zu begreifen, was da gerade passierte. Es war ein Zusammenschluss von vier Männern, die vorgaben etwas Gutes für einen werdenden Vater zu tun, aber in Wirklichkeit im Begriff waren Recht und Ordnung außen vorzulassen.

Jetzt schaltete sich der Oberst ein.

„Mein lieber Martin, Sie waren stets ein vorbildlicher Soldat und Offizier, und Sie haben in all Ihren bisherigen Einsätzen immer Ihren Mann gestellt. Aber jetzt werden Sie an der Seite Ihrer bezaubernden Gattin gebraucht.

Und denken Sie daran, dass Sie bald Vater werden. Sie wissen um das Risiko jedes Auslandeinsatzes und die damit verbundenen Gefahren. Sie wollen doch nicht, dass Ihr Kind eventuell ohne Vater aufwächst, nicht wahr?"

Martin wurde schwummerig vor Augen. Er wünschte sich am liebsten eine Ohnmacht herbei, um diesem Schmierentheater entfliehen zu können. Stattdessen fragte er aber:

„Und wie soll das gehen?"

„Ganz einfach", meldete sich jetzt Onkel Werner zu Wort. *„Ich habe ein Attest erstellt, aus dem hervorgeht, dass du für den weiteren Dienst in der Armee nicht mehr verwendungsfähig bist."*

Martin schluckte. Erst der vertrauensvolle, ja fast väterliche Tonfall von einem Vorgesetzten, von dem er noch bis vor kurzem eine sehr hohe Meinung und Achtung hatte, und jetzt die Offenbarung eines neuen

Verwandten, der noch aus einer Zeit stammte, wo das Wort „Heer" noch „Armee" hieß.

Er fragte sich, was wohl noch passieren würde. Und er musste nicht lange warten, denn sein verehrter Herr Schwiegerpapa fuhr mit der Farce fort.

„Na, mein Junge, was sagst du jetzt? Es ist immer gut, wenn man über die notwendigen Connections verfügt."

Martin ließ diesen Satz unkommentiert. Er starrte Herbert Winkler einfach nur an, der vergeblich auf eine Reaktion hoffte.

Um die eingetretene Stille zu durchbrechen, meldet sich nun Martins Vater zu Wort.

„Das ist ein rechter Glückstag für dich, lieber Martin. Erst die wunderbare Hochzeit mit der bezaubernden Veronika, dann deine Befreiung vom Militärdienst, und als Sahnehäubchen die Aussicht auf einen Enkel."

„Langsam, langsam", sagte Martin etwas aufgebracht. „Nur weil ich nicht ins Ausland muss, heißt das noch lange nicht, dass ich meine Uniform an den Nagel hänge."

„Aber ja doch", korrigierte ihn Herbert Winkler augenblicklich, „genau das heißt es. Du hast doch gehört, was im Attest von Onkel Werner steht. Du bist untauglich."

Martin stand da wie vom Blitz getroffen. Das Wort „untauglich" dröhnte in seinen Ohren wie schwerer Glockenschlag. Sein Schwiegervater fuhr fort:

„Untauglich aber nur fürs Militär. Für die Winkler-Werke bist du uneingeschränkt tauglich. Du beginnst in Kürze dein neues Berufsleben in der Chefetage meiner Firma."

Jetzt war die Katze endgültig aus dem Sack. Hatte bisher das Militär das Denken für Major Joswig übernommen, so tat das ab sofort Generaldirektor Herbert Winkler, Schwiegervater und neuer Kommandeur des Zivilisten Martin Joswig.

*****

„Ich lasse mich heute noch von dir scheiden, du Scheusal!"

Martin, der große Mühe hatte seine Augen zu öffnen, sah seine Ehegattin verwundert an und fragte dann:
„Und darf ich auch den Grund dafür erfahren?"

„Du hast heute Nacht die Ehe nicht vollzogen."

Es dauerte eine Weile, bis Martin den Sinn des Gesagten erfassen konnte, denn die Erinnerung kam nur schemenhaft aus ihrem Versteck.

„*Tut mir sehr leid, mein Lämmchen*", sagte er mit rauer Stimme. Der überdimensionale Alkoholkonsum des zurückliegenden Abends und der Nacht hatten seine Stimmbänder arg ramponiert.

„*Wenn du dich schon meinem makellosen Körper verweigert hast, dann würde ich gern den Grund dafür erfahren*", sagte Veronika und sah Martin fragend an.

„*Gibst du mir erst einen Kuss, damit ich weiß, dass du mir nicht böse bist*", antwortete Martin und näherte sich Veronikas Mund.

„*Erst wenn sich die Ausdünstungen deines Körpers auf ein Normalmaß eingependelt haben. Du stinkst aus all deinen Poren nach Alkohol*", erwiderte Veronika und stieß Martin sanft, aber bestimmt von sich weg.

„*Geh duschen, putz dir die Zähne, und dann gehen wir frühstücken*", fuhr Veronika fort und Martin entgegnete:

„*Lass uns aber dazu bitte irgendwohin fahren. Ich möchte heute Morgen niemand sehen.*"

„*Das verstehe ich sogar*", antwortete Veronika, „*es ist auch in meinem Sinn.*"

Eine Stunde später saßen sie auf der Terrasse eines Cafés, um zu frühstücken. Die frische Luft tat Martin gut. Nach und nach kam auch die normale Gesichtsfarbe wieder zurück.

„Es tut mir sehr leid, dass ich das Fest gestern geschmissen habe", begann Martin seine Beichte. *„Und ich bitte dich auch um Entschuldigung."*

„Was ist passiert, dass du so die Fassung verloren hast?", fragte Veronika, *„ich habe dich noch nie zuvor so erlebt. Ich trinke auch gern einmal ein Gläschen zu viel; aber bei dir waren es Mengen. Was sage ich - Unmengen."*

Martin begann von dem konspirativen Treffen in der Bibliothek zu sprechen. Als er damit fertig war, sah er Veronika lange an, bevor er fragte:

„Hast du von diesem Komplott gewusst?"

Veronika erstarrte. Man konnte in ihrem Gesicht deutlich sehen, wie der Pegel der Erregtheit sekündlich anstieg. Dann platzte es aus ihr heraus:

„Glaubst du ernsthaft, dass ich zu so etwas fähig wäre? Dass ich die ganze Zeit wie eine Spinne im Netz gesessen bin, nur um auf einen Mann zu warten, den ich dann vereinnahmen kann?

Hast du so eine niedere Meinung von mir? Wenn das so ist, dann ist es vielleicht tatsächlich gescheiter, wir lassen uns morgen gleich wieder scheiden."

Martin erschrak. Mit dieser Reaktion hatte er nicht gerechnet.

„Es tut mir leid, Lämmchen", sagte er, *„es war dumm von mir dich das zu fragen."*

„Dein Lämmchen steht jetzt auf und fährt in die Villa, um dort auszumisten. Du bleibst hier und denkst nach, wie es mit uns weitergehen soll. Wenn du überhaupt dazu imstande bist. Und nachher kannst du dir ein Taxi nehmen und in unsere Wohnung fahren. Ich werde vielleicht später nachkommen."

Veronika stand auf und ging. Zurück blieb ein Häufchen Elend, das auf den Namen Martin Joswig hörte, und der einmal ein stolzer und geliebter „Gardeoffizier" war.

*****

Martin und Veronika hatten sich ausgesprochen. Es war ein längeres Gespräch, in dessen Verlauf Veronika ihrem immer noch leicht grollenden Ehemann in kleinen Dosen beibringen konnte, dass die „Verschwörer-Truppe" bei ihrer Hochzeitsfeier nur das Beste für Martin im Sinn hatten.

Die finale Überzeugungsarbeit fand dann bei einem Familienessen in der Villa statt. Die Verwandtschaft beider Seiten saß versammelt bei Tisch, und bei „Rheinischem Sauerbraten mit Rotkohl und Klößen" wurden dann auch noch die letzten Unklarheiten beseitigt.

Onkel Werner hatte sich zu diesem Treffen verweigert. Er fand, er hätte jetzt genug von diesem Unfug, und er wolle einfach nur seine Ruhe haben.

In den darauffolgenden Wochen und Monaten wurde Martin Joswig auf seine künftige Rolle als Geschäftsführer vorbereitet, und irgendwann prangte vor der Tür zu seinem Büro das Namensschild „Dir. Martin Joswig, Geschäftsführer".

Herbert Winkler, dessen Gesundheitsprobleme zuletzt immer mehr zugenommen hatten, ging schon seit einiger Zeit mit dem Gedanken schwanger die Leitung seines Imperiums in jüngere Hände zu legen.

Ursprünglich hatte er ja dabei an Veronika gedacht; aber die zeigte nicht einmal den Hauch eines Interesses daran. Umso mehr hatte er sich gefreut, als sie die Eheschließung mit Martin in Aussicht gestellt hatte.

Das Penthaus, ein neuer Sportwagen und andere Zuwendungen hatten dabei wichtige Überzeugungsarbeit geleistet den Schritt dann auch zu gehen.

In Herberts Hinterkopf spukte der Gedanke auf einen baldigen Enkel herum. Wenn schon die Tochter nicht in seine Fußstapfen treten wollte, dann vielleicht sein Enkelsohn.

Der Osterhase brachte dann die große Enttäuschung. Aus dem männlichen Nachfolger wurde leider nichts. Am Ostersonntag wurde Hilma Winkler-Joswig geboren.

Martin hatte nach der Hochzeit seinen Nachnamen beibehalten und Veronika hatte den Doppelnamen „Winkler-Joswig" angenommen. Mit diesem Kompromiss konnten alle Beteiligte gut leben.

Der Name des neugeborenen Kindes „Hilma" war eine Wortschöpfung aus den Vornamen beider Großmütter. Aus „Hilde" und „Margot" wurde „Hilma", was soviel wie die „Schützende/Behelmte" bedeutet und aus dem Althochdeutschen stammt.

Martin war ebenso wenig von dieser Namensschöpfung begeistert wie sein Schwiegerpapa Herbert; aber das Dreigestirn, bestehend aus Veronika und den beiden Großmüttern, setzte sich schlussendlich durch.

Überhaupt drückte Opa Winkler seine Begeisterung über die Geburt des Kindes wenig schmeichelhaft aus, indem er sagte:

„Ich hoffe, ihr schenkt mir irgendwann noch einen Enkelsohn, sonst stirbt die Winkler-Linie noch völlig aus."

Die kleine Hilma entwickelte sich prächtig und Opa Herbert fand – zum großen Erstaunen aller - immer mehr Gefallen an seiner Enkelin. Als sie drei Jahre alt war, bekam Hilma von ihrem Opa ein kleines Pony.

Den Einwand von Veronika, er würde das Kind viel zu sehr verwöhnen, wischte Herbert Winkler mit der Bemerkung weg:

„Das Kind wird nicht mehr verwöhnt als du es in ihrem Alter auch wurdest."

In der Erinnerung von Veronika sah dies jedoch ganz anders aus. Herbert Winkler hatte nie Zeit für seine kleine Tochter. Seine ganze Aufmerksamkeit galt damals einzig der Firma.

Und so kam, was kommen musste. Veronika wurde auf ihre kleine Tochter eifersüchtig.

Wenn Martin am Abend aus der Firma kam, hatte Veronika schon kräftig dem Alkohol zugesprochen. Alle Bemühungen Martins auf Veronika einzuwirken ihren Konsum einzuschränken blieben ohne Erfolg.

Sie waren zwischenzeitlich in ihr eigens Haus eingezogen, welches in der Nähe der Winkler`schen Villa lag. Den größten Teil des Kaufpreises hatten sie mit dem vorzeitig ausbezahlten Erbteil von Veronika bezahlt.

Was dann noch fehlte, deckte ein Kredit der Hausbank ab, der mit günstigen Zinskonditionen gewährt worden war. Es erübrigt sich zu erwähnen, dass der Direktor der Bank ein „Mitbruder" bei den Rotariern war.

Ein gewisses Kalkül war offenbar, dass sich die beiden Anwesen in unmittelbarer Nachbarschaft befanden. So konnte Opa Winkler seinen kleinen Sonnenschein – so oft wie möglich - bei sich haben.

Veronika machte auch keine Anstalten dies zu unterbinden. So blieb ihr mehr Freizeit für die wesentlichen Dinge des Lebens, wie Tennisspielen oder shoppen gehen.

Als sich Herbert Winklers Gesundheitszustand immer mehr verschlechterte, bat er Martin um ein Gespräch.

„Ich habe dich zu mir gebeten, weil ich dir etwas Wichtiges mitteilen möchte."

Herbert Winkler saß in seinem Lieblingssessel in der Bibliothek. Auf dem kleinen Tischchen daneben standen zwei Gläser und eine Flasche mit einem exquisiten Cognac. Und in seiner Hand hielt er eine Zigarre.

„Solltest du das nicht lieber lassen?", fragte Martin besorgt.

„Mein Arzt meint das auch", antwortete Herbert Winkler lächelnd, *„ein Monat mehr oder weniger; das spielt keine Rolle mehr.*

Ich habe mein Leben gelebt und es war ein gutes Leben", fuhr Herbert Winkler fort, und was er dann sagte, überraschte Martin. Diese Worte hätte er von seinem Schwiegervater niemals für möglich gehalten:

„Mein lieber Junge, weißt du noch? Hier hat alles begonnen. Ich habe damals etwas eingefädelt, was zugegebenermaßen nicht wirklich korrekt war. Ich

sollte mich eigentlich heute bei dir dafür entschuldigen.

Aber ich werde es nicht tun. Und weißt du auch, warum? Weil es zu etwas geführt hat, worauf ich sehr stolz bin und wofür ich dankbar bin. Ich habe in dir einen würdigen Nachfolger gefunden.

Es ist wahr, ich habe sehr lange damit gehadert, dass ich keinen Sohn habe, und auch, dass es meiner lieben Tochter immer völlig egal war, was aus der Firma einmal werden wird, wenn ich nicht mehr bin.

Und dann hat mir Veronika einen jungen Mann ins Haus geschleppt. Leider einen Soldaten und keinen Kaufmann. Aber ich habe gleich erkannt, dass in diesem jungen Mann Potenzial ist.

Dafür habe ich ein Näschen. Ohne dem hätte ich eine solche Firma nie zu dem machen können, was es heute ist. Und du hast meine Erwartungen mehr als erfüllt, du hast sie sogar noch übertroffen. "

Martin sah seinen Schwiegervater lange an. Er sah zum ersten Mal hinter das Gesicht des Mannes, den er bisher nur als Macher und Erfolgsmenschen wahrgenommen hatte.

„Mein lieber Martin, du bist für mich der Sohn, den ich immer haben wollte und nie bekommen habe. Und ich möchte, dass du die Firma in meinem Geist weiterführst. "

„Das mache ich auf jeden Fall, Schwiegerpapa",
antwortete Martin, und Herbert Winkler entgegnete:

„Lass mich bitte ausreden, ich bin noch nicht fertig. Ich habe für nächsten Dienstag einen Termin bei
Notar Berger ausgemacht, und du wirst mich dorthin
begleiten."

Und nach einer kurzen Pause vollendete Herbert
Winkler seine Ausführungen mit dem alles überra-
genden Satz:

„Ich werde dir am kommenden Dienstag die
Winkler-Werke überschreiben!"

Martin wurde kreidebleich. In seinem Hals bildete
sich ein gewaltiger Kloß, und er hatte große Mühe zu
sprechen.

„Das kannst du doch nicht machen", sagte er mit
erstickter Stimme, „Veronika ist doch deine Tochter."

„Und ob ich das kann, mein Lieber", antwortete
Herbert Winkler, „und wenn es dir hilft, dann kann
ich dich ja auch adoptieren. Aber ich glaube, Ernst-
Wilhelm hätte da sicher etwas dagegen. Meinst du
nicht auch?"

Martin sah in das lachende Gesicht seines Schwiegervaters, und er konnte sich ein kleines Lächeln seinerseits nicht verkneifen.

„Und noch etwas, mein Junge", fuhr Herbert
Winkler fort, „nenne mich künftig Herbert. Und jetzt

schenk uns einen Cognac ein und lass uns darauf an-
stoßen, dass die Winkler-Werke in gute und kompeten-
te Hände kommen."

*****

Martin war überrascht, dass Veronika so gelassen auf den Entschluss ihres Vaters reagierte ihn als neuen Besitzer der Winkler-Werke zu proklamieren.

Als er ihr die Entscheidung ihres Vaters mitteilte, sagte sie nur, dass ihr das wohl recht wäre, denn die Firma interessiere sie ohnedies nicht. Und ganz nebenbei teilte sie Martin noch mit, dass sie künftig weniger zuhause sein würde. Sie habe sich einer Tennis-Runde angeschlossen, die auch außerhalb des Spielens Zeit miteinander verbringen würde.

Martin sagte nichts. Weder beunruhigte es ihn, noch überraschte es ihn. Veronikas Wesen hatte sich grundlegend verändert. Aus dem quirligen jungen Ding war eine von Fadesse durchdrungene Frau geworden, die weder Interesse an Martin noch an ihrer gemeinsamen Tochter zeigte.

Hilma verbrachte die meiste Zeit bei ihren Großeltern. Sie war inzwischen fünf Jahre alt und eine richtige Schönheit. Martin liebte seine Tochter sehr, und es schmerzte ihn, dass Veronika sich immer mehr von Hilma entfernte.

Als Hilma Martin einmal fragte, warum die Mama sie nicht liebhaben würde, drehte es Martin fast den Magen um. Er antwortete, dass sie sich wohl irren würde. Die Mama hätte sie ganz arg lieb; aber sie wäre sehr krank.

Martin schämte sich, dass er augenblicklich keine bessere Antwort gefunden hatte; aber zum Glück begnügte sich Hilma mit dieser Antwort.

*****

Die Nachricht, dass Herbert Winkler einen Schlaganfall erlitten hatte, traf die Familie schwer. Martin war zu diesem Zeitpunkt auf Geschäftsreise in Hamburg. Er stieg in das nächste Flugzeug und fuhr nach seiner Ankunft direkt ins Krankenhaus.

Martin erschrak zutiefst, als er das Krankenzimmer betrat. Im Bett lag ein Mann, der schwer gezeichnet war. Herbert war linksseitig gelähmt. Seine Augen waren ausdruckslos, sein Gesicht war verzerrt und aus dem Mundwinkel drang Schleim.

Martin setzte sich an das Bett von Herbert und ergriff seine Hand.

„Was machst du denn für Sachen?", sagte er und streichelte dabei über Herberts Hand.

„Das hat keinen Zweck. Er versteht nicht, was sie sagen."

Es war die Stimme einer jungen Krankenschwester, die neben dem Bett stand und an einem Apparat herumfuchtelte.

Martin wollte der jungen Frau schon erwidern, *„dass sie das doch gar nicht wissen könne"*, unterließ es aber. Stattdessen sagte er:

„Es wird ihm doch hoffentlich bald wieder besser gehen, oder?"

Die Schwester schüttelte nur den Kopf und verließ das Zimmer.

Martin blieb noch eine kurze Weile; dann ging er auch. Als er ins Freie trat, rannen ihm die Tränen über das Gesicht.

Nur wenige Tage später starb Herbert Winkler. Er wurde gerade einmal sechsundsechzig Jahre alt.

Die Beerdigung fand im erweiterten Familienkreis statt. Das heißt, außer den Winklers und den Joswigs wohnten noch ein paar befreundete Rotarier der Zeremonie bei. Und natürlich Onkel Werner.

Als Martin bemerkte, dass Veronika offensichtlich noch vor der Beerdigungsfeier Alkohol getrunken hatte, platzte ihm zum ersten Mal der Kragen.

„*Schämst du dich nicht?*", fuhr er Veronika heftig an, „*kannst du nicht einmal an so einem Tag auf deine Sauferei verzichten?*"

„*Ich brauche das für meine Nerven*", gab Veronika kleinlaut zurück, „*ich stehe das sonst nicht durch.*"

„*Wenn das alles hier vorbei ist, machst du eine Entziehungskur*", fuhr Martin in derselben Lautstärke wie zuvor fort.

„*Das brauche ich nicht*", erwiderte Veronika, „*ich habe das im Griff.*"

„*Du solltest dich einmal selber hören*", sagte Martin, „*du lügst, wie alle Alkoholiker, und du bemerkst es noch nicht einmal.*"

Inzwischen war der Wagen vorgefahren, um Martin und Veronika abzuholen. Hilma war schon von Martins Eltern abgeholt worden.

„*Komm jetzt, wir müssen fahren*", sagte Martin zu Veronika. Veronika spreizte ihre Hände und hielt sie in Richtung Martin, als wolle sie ihn abwehren.

„*Ich glaube, ich schaffe es nicht*", sagte sie mit weit aufgerissenen Augen. „*Fahr du nur voraus, ich komme mit dem Taxi nach.*"

Martin machte erst gar nicht den Versuch Veronika umzustimmen. Er verließ das Zimmer und dachte daran, dass es wohl besser wäre, Veronika würde zuhause bleiben.

Er entschuldigte das Fernbleiben seiner Gattin bei der Trauergemeinde wegen Unpässlichkeit, und alle zeigten Verständnis. Es schien, als würde es keinen verwundern und der Eindruck verstärkte sich, dass wohl alle über den wahren Grund Bescheid wussten.

Als Martin nach der Beerdigung nachhause kam, fand er Veronika tief schlafend im Bett liegend vor. Sie hatte sich noch nicht einmal entkleidet und vor dem Bett lag eine halb leere Flasche Whisky.

*****

„Guten Morgen!"

Martin saß beim Frühstück, als Veronika das Zimmer betrat. Er hatte im Gästezimmer geschlafen und Hilma war noch bei seinen Eltern.

„Bist du mir sehr böse?", fragte Veronika und goss sich eine Tasse Kaffee ein. Ihr Äußeres spiegelte ihre ganze Zerrissenheit wieder.

Martin reagierte nicht. Er schaute noch nicht einmal auf. Er hielt weiter die Morgenzeitung vor sich, um sein Desinteresse an einer Unterhaltung mit Veronika deutlich zu zeigen.

„Bitte, Martin, rede mit mir!"

Martin war verwirrt. Solche sanften Töne kannte er schon lange nicht mehr. Die vielen Jahre, in welchem nur eine „Streitkultur" zwischen den Eheleuten gepflegt worden waren, hatten ihn abgestumpft.

Er hasste dieses Unwort „Streitkultur". Er konnte nie nachvollziehen, wie die Worte „Streit" und „Kultur" zu einem Synonym für etwas Gutes verwoben werden konnten.

„Ich wüsste nicht, worüber", ging Martin auf Veronikas Bitte ein.

„Über uns, Martin", antwortete Veronika.

„Uns gibt es nicht mehr", sagte Martin, *„schon lange nicht mehr."*

Als Veronika nichts mehr darauf sagte, senkte Martin die Zeitung, die er die ganze Zeit wie ein Schutzschild vor sich gehalten hatte.

Er sah in ein Gesicht, das einmal sehr schön war, und das er gerne in seinen Händen hielt. Jetzt war es nur noch eine von Tränen benetzte Maske.

Martin empfand Mitleid mit Veronika. Er stand auf, ging um den Tisch herum und nahm Veronika in den Arm. Ein heftiger Weinkrampf erfasste sie. Es war, als wollten die Tränen allen Schmutz von ihrer Seele waschen.

„Hilf mir, Martin", schluchzte Veronika, *„bitte, bitte, hilf mir!"*

Dann sackte sie in sich zusammen. Martin rief ein paar Mal ihren Namen; aber Veronika konnte ihn nicht mehr hören.

Als Martin den Arzt nach Veronikas Befinden fragen wollte, verwies dieser ihn an Onkel Werner mit den Worten:

„Der Herr Professor bittet Sie ihn aufzusuchen."

Martin hatte den Notarzt gerufen, und dieser hatte die sofortige Einweisung ins Krankenhaus angeordnet. Veronika hatte die ganze Zeit über das Bewusstsein nicht wiedererlangt.

„Setz dich, mein Lieber", sagte Professor Dörrheimer und seine Stimme klang wenig ermunternd.

„Wie geht es Veronika?", fragte Martin und der Professor antwortete:
„Leider nicht sehr gut."

„Was heißt das, Onkel Werner?", fragte Martin weiter. Es war das erste Mal, dass er den alten Mann so nannte.

Der Professor lächelte, denn er erkannte die echte Besorgnis von Martin.

„Das heißt, dass dein Eheweib Raubbau mit ihrem Körper betrieben hat und jetzt hat ihr der Körper die Quittung dafür serviert."

70

„*Wird sie sterben?*", fragte Matin ängstlich.

„*Ganz sicher sogar*", antwortete Onkel Werner lächelnd, „*aber der Zeitpunkt steht noch nicht fest. Den bestimmt ganz allein Veronika.*"

„*Wie meinst du das?*", fragte Martin.

„*Nun, das will ich dir erklären, mein lieber Martin*", antwortete Onkel Werner. „*Es gibt zwei Szenarien:*

Erstens, sie macht so weiter, dann kannst du schon einmal eine Grabstelle besorgen. Und das recht bald. Und zweitens, sie geht sofort in den Entzug und bekommt so eine zweite Chance. Du siehst, Veronika hat die Wahl."

Onkel Werners Art die Dinge beim Namen zu nennen, waren zweifellos gewöhnungsbedürftig. Martin hatte damit kein Problem. Er schätzte den Mann sehr. Irgendwie passte er gar nicht zu dieser verrückten Familie.

„*Ich danke dir sehr, Onkel Werner*", sagte Martin und wollte schon aufstehen, um zu Veronika zu gehen, als der Professor sagte:

„*Eines noch, mein Lieber. Sie kann es nicht ohne dich schaffen. Du bist der Strohhalm, nachdem sie greift. Und du bist der einzige.*"

„Ich werde sie nicht im Stich lassen", antwortete Martin und reichte dem Professor die Hand.

„Du bist wirklich ein guter Junge", sagte der Professor, *„diese Familie hat dich gar nicht verdient."*

*****

Die Entzugsklinik, in welcher Veronika sich seit zwei Wochen behandeln ließ, lag inmitten eines Parks. Es war eine sehr exklusive Einrichtung und sicher nicht für jeden Geldbeutel geeignet.

Als Martin mit Hilma Veronika besuchen kam, waren sie überrascht, als sie Veronika sahen. Der Unterschied zu ihrem Aussehen noch vor ein paar Wochen war gewaltig.

Onkel Werner hatte ganze Arbeit geleistet. Er hatte sie soweit in seinem Krankenhaus wieder aufgepäppelt, dass sie aus freien Stücken die Einweisung in die Suchtklinik wollte.

Martin und Hilma hatten Veronika in dieser Zeit täglich besucht und ihr das Gefühl vermittelt, die kommende, sicher schwere Zeit gemeinsam durchstehen zu wollen.

Und nun saßen sie auf einer Bank im Park und genossen den sonnendurchfluteten Tag.

„*Wie geht es dir, Mama?*", fragte Hilma ihre Mutter.

„*Jeden Tag ein wenig besser, mein Schatz*", antwortete Veronika.

Martin musste unweigerlich daran denken, wie schön es hätte sein können, wäre Veronika nicht auf diesen unseligen Alkoholtrip gegangen und hätte sich stattdessen mehr um ihre Familie gekümmert.

„*Unsere Tochter ist eine richtige Schönheit*", sagte Veronika zu Martin gewandt, „*findest du nicht auch?*"

„*Sie kommt ganz nach dir*", wollte Martin antworten, unterließ es aber. Es wäre nicht nur unpassend gewesen in diesem Augenblick, sondern auch eine Lüge.

Veronika sah zwar wesentlich besser aus, als noch vor geraumer Zeit; aber ihre Schönheit von einst hatte sich schon längst in Unmengen Alkohol aufgelöst.

Martin nickte und sagte:

„*Ja, unser kleines Fräulein ist schon eine rechte Schönheit und außerdem eine Sportskanone.*"

Hilma wurde sichtlich verlegen.

„*Sie hat vor einigen Tagen beim <Children-Turnier> ihren ersten Pokal gewonnen*", fügte Martin stolz hinzu.

Veronika lächelte und ihre Augen wurden feucht. Der Gedanke daran, was sie alles verpasst hatte, schmerzte sie sehr. Sie sah Martin an und in ihrem Blick bildete sich ein Wort: *„Verzeihung!"*

„Wir möchten dich etwas fragen", sagte Martin, um aus der bedrückenden Situation zu fliehen, *„bzw. Hilma möchte eine Bitte äußern."*

Hilma sah zuerst ihren Vater an und dann ihre Mutter.

„Heraus damit, mein Schatz", sagte Veronika, *„was möchtest du denn haben?"*

„Ich möchte in ein Sportgymnasium wechseln, wo ich auch Reitunterricht haben kann."

Veronika sah erstaunt zu Martin. Es überraschte sie, dass sie in eine Entscheidung miteingebunden wurde, die Martin ohne weiteres allein hätte fällen können. Und wahrscheinlich hatte er das auch schon längst getan.

„Das ist eine wunderbare Idee, mein Schatz", sagte Veronika und gab Hilma einen Kuss. *„Ich bin sicher, es wird dir dort gefallen."*

Als Martin und Hilma sich später von Veronika verabschiedeten, wussten sie noch nicht, dass sich am Horizont schon dunkle Wolken gebildet hatten. Sie waren zwar noch weit weg; aber schon auf dem Weg zu ihnen.

Der Wechsel in das Sportgymnasium war reibungslos verlaufen. Als Martin mit Hilma vor der Direktorin saß, machte Hilma etwas, was ihn überraschte.

„Du hast einen seltenen Namen", sagte die Direktorin, *„wo kommt der her? Ich kannte bisher nur Helma als Mädchennamen."*

Hilma erzählte der Frau Direktor zuerst die Wortkombination aus den Vornamen beider Großmütter, fügte dann aber eilig hinzu, dass sie in ihrer alten Schule stets nur „Niki" genannt wurde, bezogen auf ihren zweiten Vornamen „Veronika".

Als die Frau Direktor etwas skeptisch schaute, ergänzte Martin das Gesagte seiner Tochter, indem er hinzufügte:

„Auch wir nennen sie zuhause so; ebenso wie all ihre Freundinnen."

„Dann werden wir dich auch so nennen, mein Kind", kamen die erlösenden Worte der Direktorin.

Als Martin und Hilma das Zimmer der Direktorin verlassen hatten, fiel Hilma ihrem Vater um den Hals.

„Du bist der allerbeste Papa auf der Welt."

„Ich weiß, Niki", antwortete Martin und es war das erste Mal, dass irgendein menschliches Wesen Hilma so genannt hatte.

„Und du bist mir auch nicht böse, Papa?", fragte Hilma mit einem verschmitzten Lächeln.

„Aber nein, Niki", antwortete Martin, *„mir gefällt der Name Hilma ebenso wenig wie dir. Aber das dürfen die beiden Großmamas niemals erfahren."*

*****

„Ich bin so froh wieder zuhause zu sein."

Martin hatte Veronika in der Klinik abgeholt und sie nachhause gefahren.

„Komm erst einmal in Ruhe an", sagte Martin, *„wir reden dann später. Ich muss noch einen Sprung in die Firma machen; aber ich bin bald wieder zurück."*

„Das ist schade, mein Liebling", entgegnete Veronika. Sie wollte Martin einen Kuss geben, aber Martin hatte sich bereits abgewandt und war zur Tür gegangen.

Veronika war enttäuscht. Es war fast wie zuvor, als Martin an der Klinik ankam, um sie abzuholen. Auch da hatte er sich ihrer Zärtlichkeit verweigert.

In einer Ecke des Raumes stand ein kleiner Schrank. Er diente als Hausbar und hatte zwei Türen aus getöntem Glas.

Veronika zögerte einen kleinen Augenblick; dann öffnete sie den Schrank. Sie wich erschrocken zurück, als sie sah, dass der Schrank völlig leergeräumt war.

Eine Mischung aus Wut und Erleichterung befiel sie. Wut, weil sie sich bevormundet fühlte, und Erleichterung, weil sie gerade eben einem Rückfall entgangen war.

Sie ging zum Telefon und rief einen ihrer Freunde an. Es war Thomas Weinert, genannt „Thommy", einer aus der Tennisclique.

Als Martin nach Hause kam, war Veronika nicht mehr da. Ein Zettel lag auf dem Tisch, mit welchem Veronika mitteilte, dass sie bald wieder zurück sein würde.

Es war fast Mitternacht, als Veronika nachhause kam. Martin hatte auf sie gewartet.

„*Wo warst du?*", fragte er Veronika in einem scharfen Tonfall.

„*Ich habe mich ins Leben zurückgemeldet*", antwortete Veronika.

„*Wo warst du?*", wiederholte Martin seine Frage, und sein Ton wurde rauer.

„*Du bist nicht meine Mutter*", antwortete Veronika, „*und schrei mich nicht so an.*"

„Ich frage dich ein letztes Mal", sagte Martin und machte einen Schritt auf Veronika zu. *„Wo warst du?"*

Veronika wich zurück und antwortete:

„Ich habe mich mit Thommy und den anderen getroffen; mir war langweilig."

Martin bemerkte einen feinen Alkoholduft, vermischt mit Pfefferminze.

„Du hast getrunken", sagte er wütend. *„Warum tust du das?"*

„Ich habe nicht getrunken", erwiderte Veronika.

„Lüg nicht", sagte Martin, *„ich kann es deutlich riechen."*

„Mein Gott, ja", sagte Veronika, *„aber nur ein Gläschen. Die haben sich alle so gefreut mich zu sehen."*

„Wie dumm bist du eigentlich?", fragte Martin. *„Du bemerkst noch nicht einmal, dass dich deine sogenannten Freunde wie ein Zirkusäffchen vorführen."*

„Das ist gar nicht wahr", rief Veronika unter Tränen, *„du bist so gemein. Warum bist du vorhin nicht bei mir geblieben? Ich hätte dich so gebraucht.*

Hast du wirklich geglaubt, man macht eine Kur über mehrere Wochen, sitzt im Kreis mit anderen Al-

kis und beschwört den Gott der Versuchung, er möge von einem ablassen, und alles ist gut?"

Martin sah Veronika nur an. Er empfand eine Mitschuld für ihren Rückfall, und er schämte sich dafür.

„Es tut mir leid", sagte Martin und nahm sie in seinen Arm. *„Wir werden morgen darüber reden, wie wir es besser machen können. Jetzt gehen wir erst einmal schlafen."*

„Schläfst du bei mir?", fragte Veronika mit leiser Stimme, *„ich habe Angst."*

Martin wollte schon verneinen, besann sich dann aber und antwortete:

„Ich werde dich halten; du brauchst keine Angst haben."

Als Veronika wenig später schon eingeschlafen war, lag Martin noch lange wach. Tausend Gedanken schossen durch seinen Kopf, und er fragte sich, wie das mit Veronika weitergehen sollte.

Er dachte an ihre gemeinsame Tochter, die weit weg von hier als „Niki" ein hoffentlich sorgloses Leben führen würde, und die bei ihren Pferden weit besser aufgehoben war als in ihrem kaputten Elternhaus.

*****

„Du bist schon auf?", fragte Veronika, als sie in den Salon kam und Martin am Tisch sitzen sah. *„Und Frühstück gibt es auch schon?"*

„Hast du gut geschlafen?", fragte Martin und Veronika antwortete:

„In den Armen eines so tollen Mannes kann jede Frau gut schlafen."

Martin überging diese Bemerkung. Er schenkte ihr Kaffee ein und sagte:

„Wir fahren nachher zu deiner Mutter. Sie freut sich schon sehr darauf dich zu sehen."

„Muss das wirklich sein?", antwortete Veronika, *„ich wäre viel lieber mit dir irgendwohin gefahren."*

„Ist dir das völlig egal, dass deine Mutter sich Sorgen um dich macht?"

„Natürlich nicht", antwortete Veronika, *„ich freue mich ja auch darauf Mutter zu sehen. Aber heute ist Sonntag und die Sonne scheint, und da wäre ich halt lieber irgendwo hinausgefahren. Das ist doch nicht schlimm, oder?"*

Martin fragte sich, wann er wohl bei all den vielen Lügen das letzte Mal die Wahrheit von Veronika gehört hatte. Irgendwann störte es ihn nicht mehr.

„Ich lege mich noch ein Stündchen aufs Ohr, dann können wir von mir aus losfahren. Der gestrige Tag war doch recht anstrengend für mich."

Mit diesen Worten verließ Veronika das Zimmer, und Martin war froh, wieder allein zu sein.

Margot Winkler war in den letzten Monaten stark gealtert. Sie hatte den plötzlichen Tod ihres Gatten nie richtig verwunden. Umso mehr freute sie sich, als Veronika und Martin sie besuchten.

„Wie schön, dass ihr gekommen seid. Ich habe einen Kuchen gebacken und der Kaffee ist auch gleich fertig."

Es war schon Nachmittag, als Martin und Veronika eintrafen. Aus dem „Stündchen" waren Stunden geworden. Martin hatte Veronika schlafen lassen.

„Du siehst gut aus, mein Kind", sagte Margot zu Veronika, *„die Kur hat dir offenbar sehr gutgetan."*

„Das kann man von dir aber nicht sagen", erwiderte Veronika, *„bist du krank?"*

Martin zuckte zusammen. *„Warum tritt Veronika immer wieder nach den Menschen, die ihr wohlgesinnt sind?"*, fragte er sich, und er bedachte Veronika mit einem strafenden Blick.

Margot lächelte und antwortete:

„Das Alter macht es einem nicht immer leicht. Aber lieb von dir, dass du fragst."

Martin presste seine Fäuste zusammen. Wut stieg in ihm auf. Er verspürte einen unheimlichen Drang Veronika zu ohrfeigen. War sie ihm bisher gleichgültig, so mehrte sich jetzt ein Gefühl der Abscheu, ja schon fast des Hasses.

„Wie geht es dir in der Firma, mein Lieber?"

Es schien, als hätte Margot Martins Gemütszustand erkannt. Sie lächelte ihren Schwiegersohn an, und Martins Wut wandelte sich augenblicklich in Bewunderung für diese Frau, deren Liebe zu ihrer Tochter alle Böswilligkeit überstrahlte.

„Danke, liebe Margot, es geht gut. Viel Arbeit und viel zu tun. Du kannst gern einmal wieder vorbeikommen, wenn du möchtest", antwortete Martin und schickte ein feines Lächeln hinterher.

Margot nahm es freudig an.

„Möchtet ihr etwas trinken? Einen Wein vielleicht?"

Veronika antwortete prompt in ihrer gewohnt lieblosen Art:

„Nein danke, Mutter, wir müssen auch schon los. Wir treffen uns noch mit Geschäftsfreunden von Martin. Und da wollen wir pünktlich sein."

„Das verstehe ich, mein Kind", sagte Margot, *„ich habe mich sehr gefreut, dass ihr gekommen seid. Ich hoffe, ihr kommt bald wieder einmal.*

Ich wollte euch eigentlich noch Bilder von Hilma und ihrem Pferd zeigen, die sie mir geschickt hat, aber die habt ihr ja sicher auch bekommen."

„Haben wir, Mutter, haben wir", antwortete Veronika ungeduldig, *„aber jetzt müssen wir los."*

„Dann wünsche ich euch gute Fahrt und bis bald wieder!"

Veronika war schon zum Auto vorausgegangen. Sie hatte sich noch nicht einmal richtig von ihrer Mutter verabschiedet. Ein kleines, flüchtiges Zuwinken; mehr war es nicht.

„Auf Wiedersehn, liebe Margot und vielen Dank für die Einladung. Der Kuchen hat köstlich geschmeckt."

Martin gab seiner Schwiegermutter einen Kuss auf die Wange. Margot hatte Tränen in den Augen, als sie mit beiden Händen die Hand von Martin drückte.

„Du bist ein guter Junge; pass gut auf dich auf und grüße Hilma lieb von mir!"

Es sollte das letzte Mal sein, dass Martin und Veronika Margot sahen. Einen knappen Monat später wurde sie in der Familiengruft der Winklers neben ihrem Gatten beigesetzt.

Martin hatte es aufgegeben Veronika in irgendeiner Weise zu beeinflussen. Sie hatte sich wieder voll ihrem alten Livestyle zugewandt, was bedeutete: Tennisclique und Alkohol. Wobei Veronika körperlich schon lange nicht mehr imstande war Tennis zu spielen.

Hilma, vulgo Niki war inzwischen schon zu einer jungen Dame herangereift. So sehr sie anfänglich darunter gelitten hatte, dass ihre Mutter keinerlei Interesse an ihr zeigte, so sehr hatte sie sich zwischenzeitlich damit arrangiert.

Sie verbrachte ihr Leben im Internat des Sportgymnasiums und ihre Ferien, entweder bei den Großeltern Joswig, oder zusammen mit ihrem geliebten Papa.

Niki hatte inzwischen die Schule mit einem Einser-Abitur abgeschlossen. So wenig Lob oder Anerkennung dies bei ihrer Mutter auslöste, so sehr erfreute es ihren Papa.

Als er sie vom Internat abholte, fuhr er mit ihr auf einen Reiterhof, der nur wenige Kilometer von zuhause entfernt lag. Dort angekommen, führte er sie in die Stallungen, wo in einer der Boxen eine wunderschöne Stute stand.

„Wie gefällt sie dir?", fragte Martin.

„Sie ist wunderschön", antwortete Niki, und ihre Augen leuchteten dabei.

„Dann hoffe ich einmal, dass ihr euch gut verstehen werdet."

Niki schaute ihren Vater an. Dann sagte sie:

„Soll das heißen…"

Weiter kam sie nicht. Sie hatte nicht den Mut den Gedanken zu Ende zu denken. Martin half ihr dabei.

„Diese wunderschöne Lady gehört dir, mein Liebling."

Niki fiel Martin um den Hals. Sie küsste ihn und sagte den bemerkenswerten Satz:

„Das ist der wunderschönste Tag in meinem ganzen Leben."

„Ich wünsche dir noch viele wunderschöne Tage", entgegnete Martin, *„und denke stets daran, dass du immer zu mir kommen kannst, wenn dich irgendetwas bedrückt."*

„Das weiß ich, Papi", antwortete Niki und dann galt ihre ganze Aufmerksamkeit nur noch ihrer wunderschönen Stute.

Die nächsten Wochen und Monate verbrachte Niki die meiste Zeit bei ihrem neuen Gefährten. Zwischen den beiden entstand sehr schnell eine Symbiose.

Das krasse Gegenteil davon war hingegen die Mutter–Tochter -Beziehung. Es ähnelte mehr einem Katz-und-Maus-Verhältnis.

Martin musste immer wieder einmal eingreifen, wenn die Fronten aufeinanderprallten. Man schloss eine Art Übereinkunft, dass man die Mahlzeiten gemeinsam und friedlich einnehmen wollte, und ansonsten jeder seines Weges gehen sollte.

Martin hatte Veronika dazu bewegen können, weil er ihr bei Verweigerung den Geldhahn abzudrehen drohte, und Niki würde im Herbst ja sowieso mit ihrem Studium für Veterinärmedizin beginnen und in einer anderen Stadt wohnen.

*****

Die Dämmerung brach gerade herein, als Martin in seinem Arbeitszimmer saß. Er musste wieder an die Frau denken, die er - zusammen mit ihrem Enkel - am Fluss getroffen hatte.

Sie strahlte all das aus, was er sich von einer Frau wünschte. Hätte er nur diese Wertigkeit vor vielen Jahren schon in sich getragen; sein Leben wäre wohl anders verlaufen.

Er bedauerte es in diesem Moment sehr, dass er die Frau nicht um ihre Adresse oder Telefonnummer gebeten hatte.

Andererseits, wer weiß, wie sie darauf reagiert hätte. Vielleicht hätte er sie mit seinem Ansinnen verletzt. Und das hätte er auf gar keinen Fall gewollt.

Veronika riss ihn aus seinen Gedanken. Sie war ins Zimmer gekommen und sagte:

„Ich gehe aus. Warte nicht auf mich, es kann spät werden."

Martin hatte Veronika schon mehrmals bedeutet, dass es ihm völlig egal sei, wann und wohin sie ausginge, und dass sie sich nicht bei ihm „abzumelden" bräuchte.

Aber aus unerklärlichen Gründen tat sie es immer wieder, und irgendwann hatte sich Martin schon daran gewöhnt.

„Ich wünsche dir einen schönen Abend!"

Es war nur eine Höflichkeitsfloskel, und sie tat auch niemand weh.

Martin verließ das Arbeitszimmer und ging zu Niki. Sie saß in ihrem Zimmer und hielt ein Buch in ihren Händen.

„Darf ich mich ein bisschen zu dir setzen, mein Liebling?", fragte er und Niki bejahte.

„Was liest du denn schönes?", fragte Martin, und Niki hielt ihm das Buch entgegen, auf dessen Einband „Handbuch Pferdepraxis" zu lesen stand.

„*Du kannst es wohl kaum erwarten, bis das Studium beginnt*", sagte Martin lachend.

„*Das ist spannender als jeder Kriminalroman*", antwortete Niki.

„*Ich kann es mir zwar nicht vorstellen; aber wenn du das sagst…*"

Jetzt lachten beide.

„*Ist Mama schon fort?*", fragte Niki.

„*Ja, mein Liebling*", antwortete Martin, „*Mama ist wieder on tour.*"

„*Macht dir das gar nichts aus?*", fragte Niki.

Martin schaute seine Tochter an. Es war das erste Mal, dass Niki ihn so etwas fragte.

„*Obwohl sie noch sehr jung ist, verhielt sie sich wie eine erwachsene Frau, der man mit Respekt und auf Augenhöhe begegnen sollte.*"

Dieser Gedanke schoss Martin durch den Kopf, und er beschloss Niki Rede und Antwort zu stehen.

„*Nicht mehr*", antwortete Martin, „*es macht mir nichts mehr aus.*"

„*Warum lasst ihr euch nicht scheiden?*", fragte Niki weiter.

Obwohl es eigentlich nahe lag, hatte Martin diese Frage nicht erwartet. Er überlegte sehr lange, bevor er darauf antwortete.

„Vielleicht wäre es ja die richtige Entscheidung uns scheiden zu lassen; aber wie es aussieht, haben wir beide nicht den Mut dazu."

„Das verstehe ich nicht", sagte Niki, *„wieso braucht man Mut dazu sich scheiden zu lassen?"*

Martin lächelte. Wie sollte er einer jungen Frau eine dermaßen komplizierte Angelegenheit nur verständlich machen.

„Nun, eine Scheidung ist eine einschneidende Maßnahme. Sie hat etwas Endgültiges an sich", fuhr Martin fort.

„Vergiss nicht, dass es dabei um zwei Menschen geht, die sich einmal geliebt haben. Und irgendwann war diese Liebe nicht mehr da. Sie hat sich aus unserem Leben geschlichen wie ein Dieb."

„Das ist eine sehr schöne Parabel", sagte Niki, *„aber warum hat sich eure Liebe davongeschlichen?"*

„Ich weiß es nicht", antwortete Martin, *„vielleicht weil wir nicht genug darauf aufgepasst haben."*

„Wie kann man denn auf die Liebe aufpassen?", fragte Niki.

„*Indem man sie hegt und pflegt und sie keinen Augenblick lang als einen <Selbstläufer> behandeln darf.*"

„*Das leuchtet mir alles ein*", sagte Niki, „*aber eure Liebe ist doch schon lange tot, oder?*"

Martin wurde sehr ernst. Niki hatte es bemerkt und fügte schnell hinzu:

„*Ich hätte das nicht sagen sollen; es tut mir leid.*"

„*Nein, nein*", antwortete Martin, „*du hast ja recht. Mich hat nur deine Wortwahl etwas irritiert.*"

„*Sollen wir lieber aufhören?*", fragte Niki ihren Vater.

„*Von mir aus nicht*", antwortete Martin, „*es sei denn, du möchtest es.*"

Niki schüttelte den Kopf, und Martin fiel auf, dass es ihm wohltat dieses Gespräch zu führen.

„*Deine Mutter und ich sind zu verschieden; es ist uns zu Beginn unserer Beziehung nur nicht aufgefallen*", führte Martin das Gespräch weiter.

„*Wir waren beide begierig auf das Leben, und wir haben uns darauf eingelassen ohne zu fragen, wohin es führen könnte.*

Das ging auch lange Zeit recht gut. Wir haben einander so gesehen, wie wir uns sehen wollten. Du kennst ja die Geschichte von der <rosaroten Brille>.

Irgendwann haben wir dann die besagte Brille abgesetzt und die Fehler beim anderen gefunden, die vorher auch schon da waren, die wir aber nicht sehen wollten."

"Was waren das für Fehler?", fragte Niki.

"Wertigkeiten", antwortete Martin, *"Wertigkeiten, die bei uns nicht oder nur geringfügig übereinstimmten."*

"Und hätte man die nicht ändern können oder sie irgendwie anpassen können?", fragte Niki.

"Das ist ein sehr interessanter Aspekt", antwortete Martin. *"Aber bei deiner Mutter und mir hätte das nicht funktioniert; wir waren zu verschieden und sind es noch."*

"Aber die Frage bleibt für mich trotzdem; warum habt ihr euch nicht scheiden lassen?", setzte Niki nach.

Martin überlegte kurz, ob er seiner Tochter die unselige Geschichte von Renate Volkmann erzählen sollte, die er in jungen Jahren so schäbig behandelt hatte, ließ es aber bleiben. Er sagte stattdessen:

"Ich habe als junger Mensch schlimme Dinge getan, die mir bis heute auf der Seele brennen.

Vielleicht ist es eine Form der Wiedergutmachung, dass ich mich nicht von deiner Mutter scheiden lasse. Sie würde sonst auch noch den kleinen Rest Halt verlieren, den sie mit dir und mir hat. Aber wahrscheinlich ist das alles Unsinn.

Und was deine Mutter betrifft, so sieht sie keine Veranlassung auch nur das Geringste zu ändern. Sie wird auf ihrer Lebensspur solange dahinlaufen, bis sie am Abgrund steht. Und dann wird sie hinunterstürzen."

„*Das ist alles sehr traurig*", sagte Niki. „*Es tut mir sehr leid; vor allem für dich, Papi.*"

„*Komm her, mein Liebling*", sagte Martin und nahm seine Tochter in den Arm. Niki bekam Tränen in den Augen, als sie fragte:

„*Würdest du Mama noch einmal heiraten, wenn du das alles wüsstest, was du gerade gesagt hast?*"

„*Auf jeden Fall, mein Liebling*", antwortete Martin.

„*Das verstehe ich nicht*", sagte Niki.

„*Dann will ich dir das schnell erklären*", antwortete Martin lächelnd, „*hätte ich Mama nicht geheiratet, dann gäbe es dich nicht. Und das wäre furchtbar. Du bist das Wunderbarste, was mir das Leben geschenkt hat.*"

*****

„Es ist etwas Schreckliches passiert, Martin, kannst du bitte schnell kommen?"

Hilde Joswig war am Telefon und ihre Stimme klang sehr aufgeregt. Martin konnte ganz deutlich das heftige Atmen seiner Mutter hören.

„Jetzt beruhige dich erst einmal, Mutti, und dann sag mir, was passiert ist."

„Papa ist tot", sagte eine tränenerstickte Stimme am anderen Ende der Leitung.

Martin wurde schwindelig. In seinem Kopf begann es heftig zu hämmern. Natürlich war sein Vater in einem Alter, wo der Tod jeden Tag an der Tür klopfen kann; aber dennoch.

Ernst-Wilhelm Joswig, ein Gigant, ein Fels in der Brandung, der die Familie durch viele Tiefen des Lebens geführt hatte, schien immer unsterblich zu sein.

„Ich komme sofort, Mutti", sagte Martin und legte auf.

Hilde Joswig stand schon an der Haustür und wartete auf Martin. Sie fielen sich in die Arme und ließen ihren Tränen freien Lauf.

„Es ist schrecklich", sagte die Mutter, als sie im Wohnzimmer Platz genommen hatten, *„was soll ich nur ohne deinen Vater machen?"*

„*Es wird sich für alles eine Lösung finden*", sagte Martin, „*du könntest ja zu Niki und mir ziehen.*"

„*Wer ist Niki?*", fragte Martins Mutter erstaunt, und Martin erzählte ihr, wie es zu der Namensänderung ihrer Enkelin gekommen war.

Die Befürchtung, dass sich „Omi Hilde" kränken könnte, erfüllte sich nicht. Dazu liebte sie ihre Enkelin viel zu sehr.

„*Das ist lieb von dir, dass du mir das anbietest*", antwortete Hilde Joswig, „*aber mein Platz ist hier. Hier in diesem Haus mit all seinen Erinnerungen.*"

„*Du kannst es dir ja noch einmal überlegen*", sagte Martin, „*du bist jederzeit herzlich willkommen.*"

„*Danke, mein Junge*", sagte Hilde Joswig und fügte hinzu:

„*Ich hätte eine große Bitte an dich. Könntest du heute Nacht hier bei mir bleiben. Ich möchte heute nicht allein sein.*"

„*Natürlich, Mutti*", antwortete Martin, „*ich sage nur Niki kurz Bescheid.*

„*Wie ist Papa gestorben, war er krank?*"

Hilde Joswig schüttelte den Kopf und antwortete:

„*Nein, Papa war nicht krank; aber er muss gespürt haben, dass er sterben würde.*"

„Wie kommst du darauf?", fragte Martin.

„Er hat mir vor ein paar Tagen einen Dokumentenordner gegeben und mir erklärt, was ich im Fall seines Todes zu tun hätte. Du kennst ja Papa, alles hat seine Ordnung; auch der Tod.

Und dann legten wir uns schlafen, und dein Vater gab mir – wie jede Nacht – einen Gutenachtkuss. Als ich am Morgen aufwache atmete er nicht mehr.

Er ist einfach in der Nacht gegangen, ohne sich zu verabschieden. Das verzeihe ich ihm nie."

Martin sah seine Mutter an. Der letzte Satz von ihr überraschte und erstaunte ihn gleichermaßen.

„Wie kann man einem Menschen dessen Tod verübeln?", fragte er sich, „zumal seine Eltern stets ein gutes Verhältnis miteinander hatten…"

„Der ist für dich", sagte Hilde Joswig und überreichte Martin einen Brief.

„Für mich?", fragte Martin ungläubig.

„Er lag in dem Dokumentenordner, von dem ich dir erzählt habe", antwortete Martins Mutter.

Martin nahm den Brief und sah, dass auf dem Umschlag stand: „Für Martin im Falle meines Ablebens."

Dann öffnete Martin den Brief und las:

„Mein lieber Sohn,
wie du inzwischen weißt, ist meine Lebensuhr abge-
laufen, und ich werde jetzt vor meinen Richter treten.
Ich habe mich stets bemüht dir ein gutes Vorbild und
ein guter Vater zu sein. Dass mir das nur mäßig ge-
lungen ist, tut mir leid.

Ich habe in jungen Jahren einfach zu viel von dir er-
wartet. Vielleicht lag es daran, dass ich selbst noch zu
jung war; aber vielleicht war es auch der Druck mei-
nes Vaters, deines Großvaters, den ich an dich wei-
tergereicht habe.

Was immer auch der Grund für so manche Fehlent-
scheidung bei deiner Erziehung gewesen sein mag, es
ist nun einmal geschehen. Umso mehr habe ich mit
großer Freude beobachtet, was du aus deinem Leben
gemacht hast und was du erreicht hast. Es hat mich
sehr stolz gemacht.

Jetzt ist der Zeitpunkt gekommen, an dem es heißt
Abschied zu nehmen. Ich hoffe, du kannst deinem al-
ten Herrn all die Fehler und Versäumnisse ein wenig
nachsehen, und du kannst mich in guter Erinnerung
behalten.

Ich möchte dich bitten, dass du dich um deine liebe
Mutter kümmerst. Es hat in all den Jahren nicht einen
einzigen Tag gegeben, an dem sie nicht hinter dir
gestanden ist, und an dem sie in Liebe an dich ge-
dacht hat.

Grüße meine wunderbare Enkelin Hilma ganz herz-
lich von mir und gib ihr einen Kuss von ihrem Groß-

vater. *Sollte ich dort oben auf Judith treffen, werde ich sie von euch grüßen.*

In Liebe, dein Vater"

Martin bekam einen heftigen Weinkrampf. Es standen Worte in dem Brief, der er mit zittrigen Händen festhielt, die er seinem Vater niemals zugetraut hätte.

Hilde Joswig hatte die ganze Zeit ihren Sohn angeschaut, als er den Brief las. Jetzt nahm sie ihn in den Arm und sagte:

„Weine nur, mein Kind, es tut dir wohl."

Martin hielt seiner Mutter der Brief hin und fragte:

„Möchtest du ihn lesen?"

„Nein", antwortete Hilde Joswig. *„Es ist dein Brief und das soll er auch bleiben."*

In diesem Moment läutete das Telefon. Hilde Joswig hob den Hörer ab. Das Gespräch hatte schon eine ganze Weile gedauert, als Martin hörte:

„Einen Moment bitte, ich frage meinen Sohn."

Hilde Joswig wandte sich zu Martin und fragte:

Es ist die Frau Pfarrer; sie möchte zu einem Gespräch vorbeikommen. Ist es dir recht?"

„*Ja*", antwortete Martin, „*wenn es dir auch recht ist.*"

*****

Als Martin Joswig die Haustür öffnete, stutzte er.

„*Sie sind das?*", fragte er höchst überrascht.

„*Guten Tag, Herr Joswig*", antwortete die Frau an der Tür, „*ich bin Emma Berger, die Pfarrerin. Ich freue mich Sie zu sehen, wenn auch der Anlass ein recht trauriger ist.*"

„*Bitte, kommen Sie doch herein; meine Mutter erwartet sie schon*", sagte Martin, noch immer sehr verwirrt.

Es begann ein sehr einfühlsames Gespräch. Martin fühlte eine tiefe Bewunderung für diese Frau, von der er nicht gedacht hätte sie je wiederzusehen.

„*Hätten Sie ein paar Bilder für mich?*", fragte Pfarrerin Berger Martins Mutter, „*vielleicht auch von früher?*"

„*Ja*", antwortete Hilde Joswig, „*die sind in einem Album in Martins Zimmer. Ein paar hängen dort auch an der Wand. Er kann sie Ihnen gern holen.*"

Martin stand auf, um nach oben zu gehen. Pfarrerin Berger überraschte Martin ein weiteres Mal, als sie ihn fragte:

„Würde es Ihnen etwas ausmachen, wenn ich mitkäme?"

„Nein", antwortete Martin und seine Mutter sagte:

„Und ich koche uns inzwischen einen Kaffee, wenn es recht ist."

„Sehr gern, Frau Joswig", antwortete die Pfarrerin und folgte Martin hinauf in sein Zimmer.

„Wohnen sie hier?", fragte Emma Berger.

„Nein, nicht wirklich", antwortete Martin, *„das ist mein Zimmer von früher. Meine Eltern haben es nur so gelassen, als ich ausgezogen bin."*

Während Martin nach dem besagten Album suchte, betrachtete Emma Berger die Bilder an der Wand.

„Sind Sie das mit Ihrer Frau?", fragte sie, als sie das Bild mit dem Segelboot sah.

„Nein, das ist meine Schwester Judith", antwortete Martin.

„Sie haben eine Schwester?", fragte Emma Berger erstaunt.

„*Nicht mehr*", antwortete Martin, und er fühlte, wie sich sein Hals zuzuschnüren begann.

„*Ist es Ihnen unangenehm darüber zu sprechen?*", fragte Emma Berger. „*Wir können es auch lassen, wenn es Sie zu sehr schmerzt.*"

„*Ist schon gut*", antwortete Martin, „*es geht schon wieder.*"

„*Ich nehme an, sie ist gestorben*", sagte Emma Berger, die vorübergehend ihre Rolle als Seelsorgerin abgelegt hatte, ihr aber jetzt wieder ganz verhaftet war.

„*Ja*", antwortete Martin, „*es war ein tragischer Bootsunfall.*"

„*Möchten Sie mir mehr davon erzählen?*", fragte Emma Berger, „*ich höre Ihnen gern zu.*"

Martin Joswig musste an das Ereignis vor vielen Jahren denken, als er von Veronika auf das Bild angesprochen wurde. Damals hätte er sich gewünscht, Veronika hätte ihm diese Frage gestellt.

Und jetzt stand diese Frau vor ihm, zu der er – von ihrer ersten Begegnung am Fluss an – ein Hingezogensein verspürte und stellte diese Frage.

„*Ich war mit meiner Schwester im Urlaub segeln*", begann Martin mit leiser Stimme, „*und wir hatten starken Wind.*

Der festgezurrte Segelbaum hat sich gelöst und Judith am Kopf getroffen. Sie fiel sofort ins Wasser."

Martin unterbrach seine Schilderung. Die Erinnerung türmte sich wie eine hohe Wand vor ihm auf und drohte ihn zu erdrücken.

Emma Berger nahm Martins Hand und sagte:

„Ich weiß, dass es wehtut; lassen Sie sich Zeit."

„Es geht schon wieder", sagte Martin und wollte reflexartig seine Hand entziehen. Emma Berger lockerte ihre Hand ein wenig und sah Martin an.

Der warme Blick von Emma Berger drang in die Seele von Martin ein und erfüllte sie mit einem tiefen Frieden. Martin fühlte Erleichterung und Geborgenheit, und er gab sich willig diesem Gefühl hin.

Er drückte ihre Hand ganz fest, als wolle er sich daran festhalten. Emma Berger hatte es bemerkt, was ihr ein feines Lächeln entlockte, und Martin fuhr mit seiner Erzählung fort.

„Ich habe ihr immer wieder gesagt, sie soll die Schwimmweste anziehen, aber sie hat ja nicht hören wollen. Bis ich das Boot gewendet hatte, hatte sie das Meer schon verschlungen.

Ich wollte noch ins Wasser springen, um nach ihr zu tauchen, aber dann wäre das Boot abgetrieben, weil der Wind viel zu stark war. Wäre ich doch nur gesprungen..."

Martin hatte seine Hand von Emma Berger zurückgezogen.

„Und seit damals tragen Sie eine Schuld mit sich herum", sagte Emma Berger, *„und Sie können sich nicht verzeihen."*

„Wie sollte ich auch", sagte Martin fast ein wenig trotzig, *„das kann man nicht verzeihen."*

„Da irren Sie sich, Martin", sagte Emma Berger, und sie gebrauchte zum ersten Mal seinen Vornamen.

„Sie tragen an einer Schuld, die Sie sich selbst auferlegt haben, obwohl Sie keine Schuld haben."

Martin sah Emma Berger an und antwortete dann:

„Ihr Herrgott sieht das sicher anders."

„Zum einen ist das auch Ihr Gott und zum anderen weist der dem Menschen keine Schuld zu", antwortete Emma Berger.

„Das glaube ich nicht", sagte Martin, *„es gibt doch das Jüngste Gericht und Fegefeuer und all dieses andere Zeugs."*

Die Pfarrerin musste lachen.

„Verzeihen Sie, dass ich lache, Martin, das klang gerade eben wie die Meinung eines Kindes."

Jetzt musste auch Martin lachen. Er fühlte sich plötzlich, als hätte jemand einen riesengroßen Stein von seiner Brust gewälzt.

„Sie sind eine wunderbare Frau, Frau Pfarrerin“, rutschte es Martin heraus, und er erschrak im selben Moment über das gerade Gesagte.

„Verzeihen Sie, Frau Pfarrerin“, sagte er geschwind, und er sah sein Gegenüber dabei erwartungsvoll an.

„Was halten Sie davon, wenn wir die <Frau Pfarrerin> weglassen und uns mit unseren Vornamen ansprechen; zumal wir ja schon gemeinsam eine Rettungsaktion unternommen haben.“

Als Martin das hörte, führte sich ihm das Bild vor Augen, wie er ihr nachsah, als sie mit ihrem kleinen, sehr glücklichen Enkel vom Fluss wegging.

„Sehr gern, Emma“, sagte Martin, *„es ist auch mein Wunsch, nur hätte ich mich das nie getraut.“*

„Nun, nachdem ich unbewusster Weise Ihnen einen Wunsch erfüllt habe, erfüllen Sie mir jetzt meinen. Was halten Sie davon?“, fragte Emma.

„Alles, was Sie wollen“, antwortete Martin euphorisch.

„Ich bin mir nicht sicher, ob Sie das nicht bereuen“, sagte Emma.

„*Ganz sicher nicht, liebe Emma*", entgegnete Martin, „*sagen Sie mir Ihren Wunsch; er ist schon erfüllt.*"

„*Also gut*", sagte Emma, „*dann reichen Sie mir jetzt Ihre Hand.*

Martin tat, wie ihm geheißen, und Emma führte ihn an die Wand, an welcher das Bild von Martin und Judith hing.

„*Schauen Sie Ihre Schwester Judith an und geben Sie sie frei.*"

Martin fühlte sich etwas unwohl. Er vermochte mit der Situation nicht umzugehen.

„*Das verstehe ich nicht*", sagte er fast etwas schüchtern.

„*Ich will es Ihnen erklären, Martin*", sagte Emma. „*Wenn ein Mensch stirbt, dann bleibt seine körperliche Hülle auf Erden zurück und seine Seele entschwebt irgendwohin, von dem wir Menschen glauben, es ist der Himmel. Können Sie mir bis hierher folgen?*"

„*Kann ich*", bestätigte Martin, „*und obwohl ich mit Kirche nichts am Hut habe, ist das auch meine Vorstellung vom Tod.*"

„*Wunderbar*", sagte Emma, „*da haben wir ja schon eine gemeinsame Basis. Dann mache ich einmal weiter.*

Es liegt nun an den Menschen, die zurückbleiben, wie sie mit dem Tod dieses Menschen umgehen. Die einen haken die Angelegenheit schnell ab, die andern trauern eine geraume Weile in liebem Gedenken, und dann gibt es noch eine spezielle Gruppe.

Das sind die, welche den Tod eines Menschen nicht akzeptieren; die damit hadern. Sie leugnen eine offensichtliche Tatsache aus allzu starkem Schmerz, aus Wut oder Schuldgefühl.

Und zu dieser Gruppe gehören Sie, lieber Martin."

Martin hatte bis dahin interessiert zugehört. Dieser Aspekt war ihm völlig neu, und er schaute Emma erwartungsvoll an, ob da wohl noch etwas folgen würde. Und das tat es dann auch.

„Mit diesem fälschlichen Gefühl halten diese Menschen die Seele des Toten zurück. Sie hindern ihn daran, dass seine Seele aufsteigen kann, wohin auch immer."

„Das ist ein schönes Bild", sagte Martin, und seine Bewunderung für diese Frau wuchs von Minute zu Minute.

„Ich habe bewusst fälschlich und nicht falsch gesagt", fuhr Emma fort, *„denn es handelt sich ja um echte Gefühle, auch wenn sie uns in eine Falle locken, aus der wir uns selbst nur schwer befreien können."*

„Und Sie können das?", sagte Martin.

„Ich würde mich sehr freuen, wenn das so wäre", antwortete Emma, *„denn in diesem Fall würden Sie ihrer Schwester den Tod vergönnen, so makaber das für Sie jetzt auch klingen mag. "*

„Darf ich Sie umarmen? ", fragte Martin unverhohlen, und Emma antwortete:

„Wenn Sie damit Ihre Schwester ziehen lassen, sehr gern. "

Hilde Joswig hatte den Kaffeetisch schon gedeckt.

„Ich habe leider nur ein paar Kekse zuhause, es tut mir leid. Wenn ich gewusst hätte, dass Sie kommen, Frau Pfarrerin, hätte ich einen Kuchen gebacken. "

„Das ist schon in Ordnung, Frau Joswig", antwortete Emma Berger, *„ein paar Kekse tun es auch. "*

*****

Die Beerdigung fand im engsten Rahmen statt. Ernst-Wilhelm Joswig hatte verfügt verbrannt werden zu wollen.

Ob auch ein geistlicher Beistand von seiner Seite aus gewünscht worden wäre, war nicht sicher. Seine Gattin Hilde wollte es indes unbedingt.

Für Martin erhob sich diese Frage nicht. Als überzeugter Agnostiker leugnete er ein göttliches, bzw. gottähnliches Wesen nicht, lehnte aber den Klerus kategorisch ab.

Die Tatsache, dass durch den Willen seiner Mutter eine kirchliche Person mit im Spiel war, stimmte ihn jedoch mehr als froh, zumal sie in der Person von Emma Berger stattfand.

Es war nur eine kleine Trauergemeinde, die am Urnengrab von Ernst-Wilhelm Joswig versammelt war.

Außer Mutter Joswig, waren nur Martin und Niki anwesend und natürlich Onkel Werner. Auf Hilde Joswigs Frage, warum Veronika nicht mitgekommen wäre, griff Martin einmal mehr zu einer Lüge, indem er sagte, sie habe eine so heftige Migräneattacke, dass der Arzt ihr strengste Bettruhe verordnet habe.

Onkel Werner verdrehte die Augen, als er das hörte, und Mutter Joswig drückte ihr Bedauern aus, verbunden mit den besten Wünschen für eine rasche Genesung.

Pfarrerin Berger sprach ein paar Worte am Grab, fernab vom kirchlichen Mainstream, und segnete am Ende den Toten und die, welche an seinem Grab standen.

„Das haben Sie sehr schön gemacht, liebe Frau Pfarrerin", sagte Hilde Joswig und drückte ihr ein Kuvert in die Hand.

„*Das möchte ich nicht, Frau Joswig*", wehrte die Pfarrerin ab, aber Mutter Joswig bestand darauf mit den Worten: „*Geben Sie es den Armen.*"

„*Wir fahren jetzt zum Leichenschmaus, und du kommst mit!*", sagte sie dann zu Onkel Werner, der jedoch ablehnte mit der Begründung, er habe heute noch eine OP zu bewältigen, was wiederum einen ähnlichen Wahrheitsgehalt hatte wie die Migräne von Veronika.

„*Dann eben nur wir vier*", sagte sie zu den anderen, und der Rest fügte sich ohne Widerrede.

Martin hielt die Pfarrerin an doch in seinem Wagen mitzufahren. Er würde sie später wieder hierher zurückbringen.

Genau genommen war das eine Schnapsidee, aber die Pfarrerin willigte ein.

Das Gasthaus lag etwas außerhalb. Auf dem Weg dorthin fragte Martin, ob Emma Berger gern Fisch essen würde, was diese mit den Worten bejahte:

„*Ich bin ein Nordlicht, und ich esse sogar sehr gern Fisch.*"

„*Das ist fein*", sagte Martin, „*wir fahren nämlich in ein Fischrestaurant.*"

Nach dem Essen begann eine zwanglose Unterhaltung.

„*Ich finde Leichenschmaus eine äußerst makabre Angelegenheit. Die Leute, die noch vor wenigen Minuten einen Toten beklagten, sitzen bei Speis und Trank beisammen und haben es lustig. Das gleicht schon mehr einer Hochzeit als einer Beerdigung.*"

„*Ich finde den Ausdruck Hochzeit als Vergleich gar nicht so unpassend*", entgegnete Emma Berger den Ausführungen Martins, „*wobei mir der Ausdruck Wiedersehensfeier noch besser gefiele.*"

„*Wieso gerade Wiedersehensfeier*", fragte Niki.

„*Naja, wenn man davon ausgeht, dass die Seele eines Toten dorthin zurückkehrt, von wo sie einst ausgegangen war, dann könnte man doch durchaus von einem Wiedersehen sprechen. Findest du nicht auch?*"

Niki sah die Pfarrerin erstaunt an.

„*Oh, entschuldigen Sie, dass ich Sie gerade geduzt habe*", sagte Emma Berger.

„*Nicht doch, Frau Pfarrerin*", wehrte Niki ab, „*sagen Sie ruhig DU zu mir.*"

„*Einverstanden Niki*", sagte Emma Berger, „*aber dann lässt du die <Pfarrerin> weg.*"

„*Wie soll ich dann sagen?*", fragte Niki verunsichert.

„Sag einfach Frau Berger zu mir. Oder besser noch, sag Emma!"

Hilde Joswig hatte die ganze Zeit einfach nur zugehört. Sie musste an ihre Schwiegertochter denken und an das Leid, dass sie über die ganze Familie gebracht hatte.

Sie wünschte sich, Martin hätte sich eine Frau wie die Frau Pfarrerin genommen, nicht zuletzt auch im Hinblick auf ihre geliebte Enkelin Niki.

„Ich möchte gern nach Hause", sagte Hilde Joswig plötzlich, *„das alles hat mich doch sehr mitgenommen."*

Martin bezahlte, und als sie im Auto saßen, sagte er zu seiner Mutter:

„Ich bringe jetzt erst dich und Niki nach Hause, und danach fahre ich die Frau Pfarrerin zu ihrem Auto."

„Und ich bleibe bei Omi und schlafe in deinem Bett", sagte Niki.

„Das brauchst du nicht, mein Liebling", sagte Hilde Joswig, *„deine alte Großmutter kann gut allein sein. Und außerdem muss ich mich ja daran gewöhnen."*

„Aber nicht heute Nacht, Omi", erwiderte Niki, *„und damit Ende der Diskussion!"*

Hilde Joswig lachte und sagte:

"Da merkt man gleich, dass du die Tochter eines ehemaligen Offiziers bist."

"Sie waren beim Militär?", fragte Emma Berger völlig überrascht.

"Ja, aber das ist eine andere Geschichte", antwortete Martin.

"Die Sie mir unbedingt einmal erzählen müssen", ergänzte Emma Berger.

*****

Martin hatte Emma bis zu ihrem Auto gebracht. Sie stiegen beide aus, und Martin bedankte sich noch einmal für Emmas Engagement.

Er hätte gern noch mehr gesagt, so viel brannte ihm auf der Seele; aber es schien ihm nicht der rechte Moment zu sein.

Emma musste es ähnlich ergangen sein. Sie überreichte Martin eine Visitenkarte mit den Worten:

"Da steht meine private Telefonnummer. Wenn Sie einmal Redebedarf haben oder wenn Ihre Mutter mich brauchen sollte, bitte einfach anrufen."

Dann reichte sie Martin die Hand und wünschte ihm alles Gute. Sie war schon fast bei ihrem Auto, als sie plötzlich innehielt.

Die Pfarrerin Emma Berger drehte sich um, ging zu einem erstaunten Martin Joswig und gab ihm einen Kuss auf die Wange.

Dann ging sie zurück zum Auto, stieg ein und brauste mit einem Höllentempo davon.

„Was für eine Frau", dachte Martin und stieg seinerseits in sein Auto.

„Ich muss dich bald wiedersehen", rief er laut, *„ich habe mich in dich verliebt."*

*****

Martin hatte weiche Knie, als er sich dem Arbeitsplatz von Pfarrerin Emma Berger näherte. Er hatte sich nach einigen Tagen des Überlegens ein Herz gefasst und sie angerufen.

„Ich freue mich sehr, dass du mich anrufst, und ich würde mich noch mehr freuen, wenn du in meine Kirche kämst. Ich möchte dir gern zeigen, wo ich arbeite."

Martin war sehr überrascht von dem Wunsch, der ihm am Telefon angetragen worden war. Noch mehr überrascht war er jedoch, dass Emma ihn mit DU angesprochen hatte.

„Meinst du, ich soll einen Gottesdienst besuchen?", fragte Martin erschrocken, und das DU ging ihm ganz leicht über die Lippen. Überhaupt war alles so einfach und leicht mit dieser wunderbaren Frau.

„Um Gottes Willen, nein", antwortete Emma lachend, *„wir wollen doch nicht gleich übertreiben. Ich meinte natürlich außerhalb der Gottesdienstzeit."*

„Und wann möchtest du, dass ich komme?", fragte Martin.

„Wie wäre es heute um die Mittagszeit. Ich führe dich ein wenig herum und dann lädst du mich zum Essen ein. Aber wenn das zu kurzfristig ist oder wenn du heute keine Zeit hast, dann eben ein anderes Mal."

Selbst wenn Martin um 12 Uhr zu einem Treffen mit dem Bundespräsidenten eingeladen gewesen wäre, hätte er eher ihm abgesagt als Emma Berger.

„Ich komme", antwortete er freudig, *„ich komme sogar sehr gern."*

„Dann bis später, du Antichrist!"

„Eine Frau, schön, gebildet und auch noch humorvoll", ging es Martin durch den Sinn, *„Herz, was willst du mehr."*

Als Martin schon fast bei der Kirche angelangt war, musste er lachen. Die Kirchenglocke kündete gerade die Mittagzeit. Spontan fiel Martin ein Gedicht aus seiner Schülerzeit ein. Es war „Das Lied von der Glocke" und hier besonders die Zeilen:

> *„Drum prüfe, wer sich ewig bindet,*
> *ob sich das Herz zum Herzen findet.*
> *Der Wahn ist kurz, die Reu ist lang."*

Er musste daran denken, wie er blind und blauäugig vor vielen Jahren eine Verbindung mit einer Frau eingegangen war, welche zu keiner Zeit das verkörperte, was ihm wichtig schien.

Und jetzt war er auf dem Weg zu einer Frau, die sein Herz zu neuem Leben erweckte und die Sonne wieder scheinen ließ, wo bisher nur noch dunkle Wolken waren.

„Du bist pünktlich, das schätze ich sehr an einem Mann."

Mit diesen Worten wurde Martin von Emma empfangen, die sich gerade am Altar zu schaffen machte. Sie gab Martin einen Kuss auf die Wange, was ihn einigermaßen überraschte.

„Intimitäten in einer Kirche", sagte Martin scherzend, *„und dann auch noch von einer Pfarrerin?"*

„Was hast du denn für ein Bild von der holden Geistlichkeit?", entgegnete Emma. *„Pfarrerin sein*

heißt nicht per se, dass man in Sack und Asche her-
umrennt.

Die Bibel ist voll mit Beispielen von Lust und Lie-
be. Du wärst überrascht, wenn du das lesen würdest."

„Das könntest du doch mit mir machen; was
meinst du?", sagte Martin.

„Du meinst das mit der Lust und der Liebe?",
fragte Emma verschmitzt.

„Ich meinte das mit dem Vorlesen", antwortete
Martin leicht errötend und fügte noch hinzu:

„Flirtest du gerade mit mir? Und das in diesen
heiligen Hallen?"

„Und wenn es so wäre", entgegnete Emma, *„wäre*
das schlimm für dich?"

„Nein, im Gegenteil", antwortete Martin, *„es wäre*
wunderbar."

Emma führte Martin durch ihre Kirche. Sie zeigte
und erklärte ihm alles, und Martin hörte ihr aufmerksam zu. Sie hätte ihm auch das Telefonbuch vorlesen
können; seine Aufmerksamkeit wäre keine geringere
gewesen.

Als sie damit fertig waren, sagte Martin, dass die
Aufnahme von so viel neuem Wissen Hungergefühle
in ihm ausgelöst hätte.

„*Unser gemeinsames Mittagessen klappt leider nicht*", kamen die ernüchternden Worte aus Emmas Mund, „*mir ist ein Termin dazwischengekommen, den ich nicht verschieben kann.*"

„*Schade*", sagte Martin sichtlich enttäuscht, „*da kann man wohl nichts machen. Ein anderes Mal vielleicht.*"

„*Wie wäre es mit heute Abend?*", fragte Emma, „*ich koche uns etwas Feines. Sagen wir um 19 Uhr?*"

„*Ich werde pünktlich sein, und ich freue mich schon sehr darauf*", antwortete Martin.

„*Aber du weißt doch noch gar nicht, ob ich überhaupt kochen kann*", sagte Emma, und Martin entgegnete:

„*Daran hege ich nicht den geringsten Zweifel.*"

Emma lächelte. Sie gab Martin einen Kuss; aber dieses Mal auf den Mund.

„*Jetzt verschwinde endlich*", sagte sie, „*ich habe noch zu tun.*"

Als Martin aus der Kirche hinaustrat, und die Sonne strahlte, und zwar noch viel heller als je zuvor, kam es ihm in den Sinn, dass er bei seiner ersten Begegnung mit Emma am Fluss nie zu träumen gewagt hätte, dass ihm dieses Geschöpf noch einmal über den Weg laufen würde.

Und genau das war passiert. Und aus dem „über den Weg laufen" war ein „mitten in sein Leben hineinplatzen geworden", von dem er sich in diesem Augenblick wünschte, es möge nie mehr zu Ende gehen.

*****

Martin stand vor Emmas Wohnungstür mit einem wunderbaren Strauß Blumen in der Hand und einem wild klopfenden Herzen.

Emma öffnete, nahm Martin die Blumen ab und sagte:

„Ich gehe einmal davon aus, dass die für mich sind. Ich werde sie gleich ins Wasser stellen. Komm nur weiter und fühl dich wie zuhause."

Martin trat ein und sah sich um. Er befand sich in einem geschmackvoll eingerichteten Appartement. In der Mitte des Raumes stand ein mit Kerzen gedeckter Tisch. Emma deutete auf dieselben und sagte:

„Die kannst du bitte gleich anzünden und den Wein kannst du auch schon eingießen. Ich hoffe, du magst Rotwein."

„Sehr gern sogar", antwortete Martin und tat, wie Emma ihn geheißen hatte.

„Ich brauche noch ein wenig", sagte Emma, *„du kannst dich ja inzwischen ein bisschen umsehen."*

Martin entdeckte zwei Bilder an der Wand. Das eine zeigte Emma mit einem Mann, und das andere eine junge Frau mit Kind.

Emma war hinzugetreten, um die Bilder zu erklären.

„Das ist mein Mann Rainer, und auf dem Bild daneben siehst du meine Tochter Petra mit ihrem Kevin, den du ja schon kennengelernt hast.

Aber jetzt lass uns erst einmal essen; unsere Familiengeschichten können wir später durcharbeiten."

„Es duftet schon köstlich", sagte Martin, *„was gibt es denn Feines?"*

„Coq-au-vin", antwortete Emma.

„Hühnchen à la française", sagte Martin.

„Eigentlich ist es ein Hähnchen und kein Hühnchen", entgegnete Emma; *„aber ich denke, es wird dir trotzdem schmecken."*

„Davon bin ich fest überzeugt", antwortete Martin und nahm sein Glas in die Hand.

„Ich möchte auf die charmante und wunderschöne Gastgeberin trinken und mich für die Einladung bedanken."

„*Merci et santé!*", antwortete Emma und stieß mit Martin an.

„*Ein feiner Tropfen*", sagte Martin und Emma fügte hinzu:

„*Aus Südfrankreich, meiner alten Heimat.*"

„*Du bist Französin?*", fragte Martin überrascht.

„*Halbfranzösin*", antwortete Emma, „*mein Vater ist Franzose und meine Mutter Deutsche.*"

„*Wieso sprichst du akzentfrei Deutsch?*", fragte Martin.

„*Weil ich als Kind schon nach Deutschland gekommen bin. Meine Eltern haben sich scheiden lassen, und meine Mutter ist mit mir nach Hamburg zurückgegangen.*"

„*Leben deine Eltern noch?*", fragte Martin weiter.

„*Meine Mutter ja, mein Vater nicht mehr*", antwortete Emma, „*er war wesentlich älter als Mama. Aber jetzt lass uns essen, bevor es kalt wird. Wir können später weiterreden.*"

Martins Blicke verfingen sich immer wieder mit den Blicken von Emma. Ein deutlicher Funkenflug war zu spüren. Martin gab sich diesem Gefühl vorbehaltlos hin, er ging förmlich darin auf.

„*Ich liebe dich, du wunderbare Frau.*"

Diese Worte waren wie von selbst über Martins Lippen geglitten. Sie hatten seinen Mund verlassen, bevor der Verstand seinem Herzen Einhalt gebieten konnte.

„Und ich liebe dich, du Geschenk des Himmels."

Emma musste es ähnlich ergangen sein. Sie stand auf, ging um den Tisch herum, und küsste Martin mit einer Leidenschaft, die alle Dämme brechen ließ.

Martin stand ebenfalls auf, und dann führte Emma Martin in ihr Schlafzimmer, um sich ihm und ihrer beider Liebe hinzugeben.

Was dann geschah, lag für Martin jenseits aller Vorstellung. Er hatte in seinem Leben schon mit vielen Frauen geschlafen, aber das gerade eben war etwas völlig anderes.

Hatte er bisher immer nur die Befriedigung seiner Lust gefunden, so war das heute ein ganz besonderes Geschenk.

Man sagt, die Lust sei die kleine Schwester der Liebe. Heute hatte er beides erlebt: die große und die kleine Schwester in völliger Harmonie vereint.

„Ich war ursprünglich davon ausgegangen, dass wir das Dessert nach dem Hauptgang genießen", sagte Emma in die Stille hinein. *„Aber diese Variante gefällt mir sehr gut."*

Martin lachte. Er hielt Emma noch immer fest umschlungen, als wolle er damit bekunden, sie nie wieder loslassen zu wollen.

„Ich danke dir, mein Engel", sagte Martin, *„dass du mir etwas geschenkt hast, das ich bisher nicht kannte."*

„Was meinst du damit?", fragte Emma überrascht.

„Liebe", antwortet Martin, *„ich habe bis heute bei Frauen immer nur sexuelle Befriedigung gesucht und auch bekommen; aber niemals Liebe."*

„Das ist traurig", antwortete Emma, *„hast du das nie vermisst?"*

„Nein", antwortete Martin, *„wie denn auch. Man kann nicht etwas vermissen, was man gar nicht kennt."*

Emma küsste Martin wieder und wieder und sagte dann:

„Das musst du nie mehr vermissen, mein Liebling, dafür werde ich persönlich sorgen."

Martin lächelte. Er fühlte sich unsagbar wohl in Emmas Gesellschaft. Er liebte alles an ihr. Er liebte ihr Wesen, ihre Aufrichtigkeit, ihren Pragmatismus und ihren Humor.

„*Aber jetzt musst du mich für ein paar Minuten entschuldigen*", sagte Emma und löste sich aus Martins Umarmung.

„*Ich werde jetzt unser Essen aufwärmen, und du kannst noch solange liegen bleiben. Oder hast du geglaubt, ich werfe das gute Essen, für das ich stundenlang in der Küche gestanden bin, in den Müll?*"

„*Natürlich nicht*", antwortete Martin, „*und außerdem wäre es eine Sünde.*"

„*Du kennst dich mit Sünden aus?*", kam es schelmisch aus Emmas Mund.

„*Leider viel zu gut*", antwortete Martin, „*da habe ich so einige Erfahrung.*"

„*Aha*", sagte Emma, „*dann bist du ja bei der Frau Pfarrerin in den besten Händen.*"

*****

Martin wäre beinahe eingeschlafen, hätte Emma ihn nicht gerufen, um mit ihr das aufgewärmte Essen weiter zu genießen.

„Der Wein, den wir gerade trinken, stammt übrigens aus Südfrankreich. Er ist von meinem Bruder Pierre, der das Weingut meines Vaters weiterführt."

„Ihr habt ein eigenes Weingut?", fragte Martin überrascht.

„Ja", antwortete Emma, „und mir gehört sogar die Hälfte davon."

„Und wo in Südfrankreich liegt das?"

„In Labarrère", antwortete Emma, „das liegt zwischen Bordeaux und Toulouse und ist ca. 140 Kilometer nach beiden Richtungen entfernt.

„Ich bin beeindruckt", sagte Martin, und er war noch mehr beeindruckt, als Emma sagte:

„Es wird dir dort gefallen. In Labarrère findet im August ein großes Volksfest statt das <Fête Locale à Labarrère>. Das bedeutet eine ganze Woche lang jede Menge Spaß und die beste Küche und die feinsten Weine Südfrankreichs.

Bei südfranzösischer Musik kannst du Steaks vom Holzfeuer oder gegrillte Weinbergschnecken essen und zur Verdauung einen Armagnac, ein Eau-de-Vie genießen.

Und wenn du Sorge um dein Gewicht hast, kannst du hinterher an einem Boule-Wettbewerb teilnehmen oder eine Wanderung in die schöne Umgebung machen."

„*Das klingt ja sehr verlockend, nur dass ich Boule nicht kann. Das ist doch das Spiel mit den Silberkugeln, oder?*"

„*Ja, sie sind entweder aus Metall oder Holz*", antwortete Emma, „*aber keine Angst, das bringe ich dir schon bei.*"

Martin war selig. Ihm war, als hätte das Schicksal das Tor zum Paradies geöffnet und ihn gebeten einzutreten.

„*Möchtest du mir noch mehr von deiner Familie erzählen?*", fragte Martin und Emma antwortete:

„*Da gibt es nicht mehr viel zu erzählen. Mein Vater ist tot, meine Mutter lebt nach wie vor in Hamburg, und mein großer Bruder betreibt unser Weingut in Südfrankreich.*"

„*Und was ist mit dem Mann auf dem Bild?*", fragte Martin.

Als er sah, wie Emma auf seine Frage reagierte, bereute er, dass er danach gefragt hatte. Er wollte sich gerade entschuldigen, als Emma antwortete:

„*Das ist Gernot, mein verstorbener Ehemann.*"

„*Das tut mir leid*", sagte Martin, „*entschuldige bitte.*"

„*Nein, nein*", erwiderte Emma unmittelbar, „*das braucht es nicht. Es ist richtig, dass du mich fragst.*

Gernot war Professor für Physik und Chemie an der Universität in Hamburg. Ein bekiffter Student, den er hinausgeworfen hat, hat Gernot mit einem Messer attackiert und lebensgefährlich verletzt.

Die Ärzte haben alles probiert, aber Gernot hat es nicht geschafft. Ich war damals schon schwanger und habe mich von Hamburg nach hierher versetzen lassen.

Meine Mutter hat mir das lange Zeit verübelt; aber inzwischen haben wir uns wieder versöhnt. Petra hat daran wesentlichen Anteil gehabt.

Ach ja, Petra. Sie ist mit einem Lehrer verheiratet, und sie haben ein Kind zusammen. Kevin ist unser aller Sonnenschein."

„*Da hast du ja schon einiges hinter dir*", sagte Martin, und auf die Aufforderung von Emma hin, begann er seine Lebensgeschichte auszubreiten.

Als er am Ende damit war, sah Emma ihn lange an.

„*Ich glaube, jetzt wäre etwas Stärkeres angebracht, meinst du nicht auch?"*

Sie stand auf und holte eine Flache Armagnac.

„*Sagt dir der Name Charles de Batz de Castelmore, genannt Comte d'Artagnan> etwas?"*, fragte Emma.

„Ja, schon", antwortete Martin, „das ist doch die Romanfigur von Alexandre Dumas."

„Falsch!", antwortete Emma. „Das ist keine Fantasiefigur eines Schriftstellers, sondern eine Person, die gelebt hat. D'Artagnan machte unter Ludwig XIV. eine brillante Karriere als Musketier bei der Garde. Er fiel am 25. Juni 1673 mit ca. 60 Jahren in der Schlacht bei Maastricht.

Und er stammt aus der Gascogne, genauso wie der Armagnac und meine Wenigkeit."

Martin zeigte sich beeindruckt. Emma goss die Gläser ein und sagte:

„Heute beginnt ein neues Leben für uns, und ich weiß nicht, wo es uns hinführen wird. Aber ich weiß, dass ich es mit jeder Faser meines Herzens will."

Martin stieß mit Emma an und fügte hinzu:

„Ganz egal, wo es uns auch hinführen mag, ich bin dabei, und ich danke dir, dass du mich mit auf diese Reise nehmen willst."

*****

Die nächsten Wochen und Monate waren ein wunderbares Erlebnis.

Martin durfte Emmas Tochter Petra und deren Mann Rainer kennenlernen und natürlich Kevin, der ihn sofort wiedererkannt hatte.

Eine Begegnung, wovor Martin sich ein wenig gefürchtet hatte, war das Treffen mit Emmas Mutter.

Er war sichtlich erleichtert, als er in Frau Perrac eine äußerst sympathische Dame kennenlernte, die ihm vollkommen wertfrei begegnete. Emma hatte zuvor schon informative Vorarbeit geleistet.

Es fehlte nur noch die Reise nach Labarrère, zu Emmas Bruder. Die war aber bereits für den kommenden August geplant. Stattdessen machten sie einen Urlaub auf Sylt, den sie an den Besuch bei Emmas Mutter anhängten.

Es war Frühling und somit noch wenig Betrieb auf der Insel. Sie hatten sich in einer kleinen Pension eingemietet, und sie verbrachten viele Stunden mit Strandspaziergängen.

Als sie von einem solchen Spaziergang zurückkamen, empfing sie die Wirtin mit der Nachricht, dass ein Fräulein Joswig angerufen habe.

Es war Niki, Martins Tochter, die Martin auf seinem Handy nicht erreichen konnte, weil er es ausgeschaltet hatte.

Er hatte mit Niki vereinbart, dass er nur über den Telefonanschluss der Pension erreichbar wäre, um von niemandem gestört werden zu können, und am wenigsten von Veronika.

Und genau sie war der Grund für Nikis Anruf.

„Hallo, mein Liebling, was gibt es Wichtiges?", sagte Martin gutgelaunt, als er die Stimme seiner Tochter hörte.

„Mama ist tot."

Niki brachte es mit diesen drei Worten sofort auf den Punkt. Martin schluckte. Er hätte sich einige Gründe für Nikis Anruf vorstellen können; diesen jedoch nicht.

„Was ist passiert?", fragte Martin, *„hatte Veronika einen Unfall?"*

Im Gegensatz zu Niki gebrauchte er das Wort <Mama> nicht, wohl auch darum, weil Veronika für Niki nie eine richtige Mutter war. Umso mehr bewunderte er seine Tochter, dass sie ihrer Mutter stets Respekt entgegenbrachte.

„Sie ist gestern spät nachts ins Krankenhaus eingeliefert worden. Sie war wieder einmal stark alkoholisiert", antwortete Niki.

Auch hier zeigte sich wieder der feine Charakter von Niki, dass sie das naheliegende Wort „betrunken" oder gar „besoffen" mied.

„*Heute Morgen ist sie dann an multiplem Organ-*
versagen gestorben."

„*Geht es dir gut, mein Liebling?*", fragte Martin,
den der plötzliche Tod von Veronika nur wenig berührte. Es war in den zurückliegenden Jahren einfach
zu viel geschehen, um jetzt in große Trauer auszubre-
chen.

„*Danke, Papa*", antwortete Niki, „*es geht mir*
gut."

„*Das ist fein*", sagte Martin, „*wir werden noch*
heute zurückfahren."

„*Lasst euch Zeit*", antwortete Niki, „*es reicht,*
wenn ihr morgen oder übermorgen kommt. Und grüß
bitte Emma lieb von mir!"

„*Mache ich, mein Liebling*", antwortete Martin,
„*ich rufe dich noch an, wenn wir wegfahren.*"

Damit war das Gespräch beendet und Martin musste daran denken, was er doch für eine tolle Tochter
hatte.

Emma fragte Martin nicht, sie sah ihn nur an. Und
Martin gab die Nachricht von Niki fast wortgetreu
wieder:

„*Veronika ist tot.*"

„*Das tut mir leid*", sagte Emma.

„Ist nicht nötig", antwortete Martin trocken.

„Ich finde schon", sagte Emma, *„und dir sollte es auch leidtun. Der Tod eines jeden Menschen verdient Respekt. Man sollte ihn in Frieden ziehen lassen."*

Martin empfand in diesem Augenblick Scham. Diese Frau, die ihn liebte, und die er ebenso sehr liebte, hatte ihn gerade darauf aufmerksam gemacht, dass der Tod eines Menschen – egal wie man zu ihm gestanden hat – Respekt verdient und keine Gleichgültigkeit.

„Entschuldige bitte", sagte er zu Emma, *„und danke, dass du aus mir einen besseren Menschen machen willst. Nötig hätte ich es allemal."*

*****

An der Beerdigung nahmen nur wenige Menschen teil. Martin hatte den Tennisclub von Veronikas Ableben informiert, was jedoch der Ignoranz der „Clique" anheimfiel.

So standen nur Martins Mutter, Niki und Stefanie, das Hausmädchen, am Grab. Sie hatte bis zum Schluss – trotz Veronikas Launen – bei ihr ausgeharrt, was Martin ihr hoch anrechnete.

Emma hatte auf Bitten von Mutter Joswig in ihrer Eigenschaft als Pfarrerin ein paar Worte am Grab gesprochen, was Martin überraschte, und wofür er Emma bewunderte.

Er sah es mit großer Freude, wie gut Emma mit seiner Mutter und auch Nikki harmonierte. Als die Beerdigung zu Ende war, nahm Mutter Joswig Martin zur Seite, um mit ihm zu sprechen.

„Du liebst Emma, nicht wahr?"

Martin fühlte sich in einem heftigen Zwiespalt. Er war schon nahe dran zu leugnen, als ihn seine Mutter mit den Worten davor bewahrte:

„Hast du wirklich geglaubt, ich merke es nicht?"

Martin sah seine Mutter mit großen Augen an. Weniger ob der gestellten Frage, denn vielmehr wegen des Zeitpunkts.

Noch vor wenigen Minuten standen sie am Grab der Ehefrau, Mutter und Schwiegertochter, und nun fragte Hilde Joswig, von Pragmatismus so weit entfernt wie die Sonne zum Mond, ob er Emma liebte.

„Ja, Mama", ich liebe diese Frau sehr", antwortete Martin, *„und ich danke dir, dass du es mir so leicht machst."*

„Wie meinst du das?", fragte Mutter Joswig.

„Nun, dass du mir keine Vorwürfe machst", antwortete Martin.

„*Ach Junge*", sagte Hilde Joswig, „*deine Ehe mit Veronika stand von Anfang an unter keinem guten Stern. Das war übrigens auch die Meinung deines Vaters; obwohl er für diese Erkenntnis etwas länger gebraucht hat.*"

Martin lächelte. Er liebte seine Mutter und er dachte daran, dass er ihr das öfter einmal hätte sagen müssen.

„*Was hältst du denn davon, wenn wir uns alle einmal zusammensetzen?*", fuhr Mutter Joswig fort. „*Es wird Zeit, dass wir uns endlich besser kennenlernen. Deine Emma mit ihren Lieben und wir, die letzten Joswigs.*"

„*Das ist eine wunderbare Idee*", sagte Martin und gab seiner Mutter einen Kuss.

„*Du bist eine ganz wunderbare Mutter, und ich liebe dich.*"

„*Ich weiß, mein Junge*", antwortete Hilde Joswig, „*und ich liebe dich auch.*"

*****

Der August war gekommen und mit ihm die Reise nach Südfrankreich. Martin und Emma waren bis Toulouse geflogen und Pierre, Emmas Bruder hatte sie am Flughafen abgeholt.

Martin hatte in den Monaten davor einen Französisch-Intensivkurs absolviert, um seine gymnasialen Sprachkenntnisse aufzupolieren und auch zu verbessern.

„Bonjour, mon beau-frère', sagte Pierre beim Empfang und küsste Martin auf beide Wangen.

Martin bedankte sich, und er musste lächeln. Welch wunderbare Wortkombination existiert im Französischen für das deutsche Wort <Schwager>, heißt es doch wörtlich übersetzt „schöner Bruder".

Die beiden Männer empfanden auf Anhieb große Empathie füreinander.

„Noch sind wir nicht verheiratet", entgegnete Martin.

„Ça ne fait rien", lachte Pierre, und dann küsste er seine Schwester.

Pierre redete ununterbrochen auf der Fahrt nach Labarrère, und Martin hatte große Mühe alles zu verstehen. Emma hatte es bemerkt und sagte zu Pierre,

„Rede bitte Deutsch mit uns, Martin versteht sonst nicht alles."

Pierre, der als Kind zweisprachig aufgewachsen war, hatte sich nach dem Weggang der Mutter geweigert weiter Deutsch zu sprechen, zumal sein Vater nur wenig Freude damit gehabt hätte.

Bevor er auf die Bitte Emmas eingehen konnte, sagte Martin:

„Nein, nein, bitte sprecht weiter Französisch, ich möchte es ja lernen. Aber vielleicht un peu plus lent s'il vous plaît."

Pierre und Emma mussten herzlich lachen.

Martin war erstaunt, als sie sich Labarrère näherten, und Pierre ihn auf die diversen Weinberge aufmerksam machte, welche zu dem Weingut <Armand Perrac & Fils> gehörten.

Pierre hatte das Gästezimmer herrichten lassen.

„Bon, les tourtereaux", sagte Pierre mit einem Augenzwinkern, *„ruht euch ein wenig aus. Später machen wir eine kleine Willkommensfeier mit Freunden."*

Als sie allein waren, fragte Martin nach dem Wort, das er noch nicht kannte, und Emma antwortete mit einem feinen Lächeln:

„Das heißt <Turteltauben>, mein Liebling."

Jetzt verstand Martin auch das Augenzwinkern von Pierre.

„Dann wollen wir deinen Bruder auch nicht enttäuschen", sagte Martin und vermittelte Emma eine klare Aufforderung in Form eines leidenschaftlichen Kusses.

Als sie später beim Essen saßen, fragte Martin Pierre, warum er nicht verheiratet wäre.

„Das ist ganz einfach", antwortete Pierre, *„ich habe die Richtige noch nicht gefunden, weil es eine Frau wie meine Schwester nicht noch einmal gibt."*

„Glaube ihm kein Wort", sagte Emma, *„Pierre ist wie eine Biene: Er hüpft von einer Blüte zur anderen."*

Am Tisch saßen außer Emma, Pierre und Martin noch ein paar einheimische Freunde. Einer davon, Alain, fragte Martin, was er beruflich mache.

„Ich habe eine Firma, die ich auch leite. Es sind die Winkler-Werke, und wir sind Zulieferer für die Automobilindustrie."

„Und macht das Spaß?", fragte Alain weiter.

Martin, der zunächst über diese Frage erstaunt war, antwortete:

„Ich weiß nicht, ob Spaß das richtige Wort ist; aber es ist meine Arbeit, und ich bemühe mich sie so gut wie möglich zu machen."

Alain gab keine Ruhe, er fragte weiter:

„Könntest du dir vorstellen Wein zu machen wie Pierre?"

Martin überlegte einen kleinen Moment, dann antwortete er:

„Sehr gut sogar, es würde mir gefallen; aber dafür bin ich schon zu alt."

Martin hatte schon während der Besichtigung mit Pierre daran gedacht, dass es toll sein müsste etwas Lebendiges zu schaffen, wie z.B. aus Trauben Wein zu machen. Was Alain dann sagte, haute Martin beinahe um.

„Dann verkauf doch deine Firma und steig bei Pierre ein. Mit einer Finanzspritze von dir könnte er den Betrieb ausbauen und modernisieren."

Es herrschte vollkommene Stille im Raum. Blicke gingen hin und her und Pierre schaute Alain strafend an. Emma hatte ihre Hand auf den Arm von Martin gelegt.

„Du hast zu viel getrunken, Alain", sagte Pierre, *„ich glaube, es ist besser, wenn du jetzt gehst."*

Alain stand auf, und bevor er den Raum verließ, sagte er:

„Sind dir <les Boches> jetzt lieber als deine Freunde?"

„Es tut mir sehr leid, Martin", sagte Pierre, *„bitte entschuldige das schlechte Benehmen meines Freundes Alain. Die Deutschen haben seinen geliebten On-*

kel erschossen, und er kann seinen Hass gegen die Deutschen nicht überwinden."

„Ist schon in Ordnung", antwortete Martin, „ich habe Verständnis für den Mann."

„Das ist sehr großzügig von dir, Martin, vielen Dank. Und jetzt lasst uns weiter feiern."

Als Emma und Martin später im Bett lagen, sagte Emma:

„Alain ist im Grunde genommen ein sehr lieber Kerl. Wir haben als Kinder sogar miteinander gespielt. Und als ich dann mit meiner Mutter zurück nach Hamburg gegangen bin, haben wir uns eine Zeit lang noch Briefe geschrieben.

Als er dann seine kindliche Unschuld abgelegt hatte, schloss er sich dem Hass der Erwachsenen an. Es ist schade, denn damit vergiftet er nur seine Seele."

„Ich nehme es ihm nicht übel", entgegnete Martin, „aber ich hätte eine Frage an dich."

„Was möchtest du denn wissen?", antwortete Emma, „vielleicht ob ich dich noch liebe? Ich kann dich beruhigen; ich liebe dich sogar noch mehr als vorhin."

„Wie das denn?", fragte Martin lachend.

„*Weil du vorhin so großartig reagiert hast*", antwortete Emma, „*aber wolltest du mich nicht etwas fragen?*"

„*Mir geht die Bemerkung von Alain nicht aus dem Kopf*", begann Martin, „*hat Pierre vielleicht finanzielle Probleme?*"

„*Ich weiß es nicht*", antwortete Emma, „*aber ich kann es mir nicht vorstellen. Am besten, du fragst ihn selbst.*"

„*Einfach so?*", fragte Martin überrascht.

„*Einfach so*", antwortet Emma lapidar, „*und jetzt möchte ich, dass du mich in den Arm nimmst und mich wärmst.*"

„*Es ist August und es ist sehr warm*", sagte Martin und Emma antwortete:

„*Nimm mich trotzdem in den Arm und mach das Licht aus!*"

*****

„*Ihr wollt heute etwas unternehmen?*", fragte Pierre Martin beim Frühstück. Emma hatte sich unter dem Vorwand noch etwas erledigen zu wollen, entfernt.

„*Darf ich dich etwas fragen?*", sagte Martin, der den Wink von Emma wohl verstanden hatte.

„*Natürlich, mein Lieber*", antwortete Pierre.

„*Es ist etwas heikel*", sagte Martin, „*und ich hoffe, du nimmst mir meine Frage nicht übel.*"

„*Mais non*", antwortete Pierre, „*du kannst mich fragen, was du willst.*"

„*Hast du finanzielle Probleme?*"

Pierre schaute Martin überrascht an und antwortete lachend:

„*Um Gottes willen, nein! Wie kommst du überhaupt darauf?*"

„*Ich dachte wegen der Bemerkung gestern von Alain*", antwortete Martin erleichtert.

„*Ach so, jetzt verstehe ich*", antwortete Pierre. „*Alain hat das wohl gesagt, weil ich vor einiger Zeit mit ihm darüber gesprochen habe, dass ich den Betrieb gern ausbauen würde, wenn ich das Geld dazu hätte.*"

Martin überlegte einen Moment, bevor er sagte:

„*Könntest du dir vorstellen, dass ich mich an deinem Betrieb finanziell beteilige?*"

Pierre war sprachlos. Ihm gegenüber saß ein Mann, der seine Schwester liebte, die ihn wohl auch liebte, aber den er erst seit wenigen Stunden kannte, und der ihm gerade eine Frage stellte, die ihm den Atem raubte.

„Ja, könnte ich", antwortete Pierre zögerlich, *„aber wie kommst du auf diese Idee?"*

„Ich habe über viele Jahre eine Arbeit gemacht, die ich mir nicht selbst ausgesucht habe. Sie hat mich nie erfüllt; aber ich habe sie trotzdem gut gemacht."

„Deshalb bist du der Frage von Alain, ob dir deine Arbeit Spaß macht, ausgewichen", sagte Pierre.

„Du hast mir deinen Betrieb gezeigt und du hast mir von deiner Arbeit erzählt", fuhr Martin fort, *„und es hat mir sofort gefallen und auf eine Weise berührt, die ich dir nicht näher beschreiben kann."*

Pierre sah Martin lange schweigend an.

„Es ist eine verrückte Idee", durchbrach Martin das Schweigen, *„ich hoffe, du nimmst mir das nicht übel."*

„Non, non, mon ami", sagte Pierre, *„deine Idee ist nicht verrückt. Sie kommt nur so plötzlich für mich."*

„Vergiss es ganz einfach", sagte Martin, *„und bitte sag Emma nichts von unserem Gespräch."*

„*Tout le contraire*", erwiderte Pierre, „*wir werden uns heute Abend mit Emma zusammensetzen, und wir werden darüber reden. Aber jetzt soll dir Emma erst einmal unsere wunderschöne Gascogne zeigen.*"

*****

„*Du hast uns absichtlich vorhin alleingelassen*", sage Martin zu Emma, als sie mit dem Auto losfuhren.

„*War das schlimm, mein Liebling?*", fragte Emma.

„*Natürlich nicht*", antwortete Martin, „*aber es war mir ein wenig peinlich.*"

„*Das verstehe ich nicht*", entgegnete Emma, „*zwei erwachsene Männer unterhalten sich; was ist daran peinlich?*"

„*Du weißt genau, was ich meine*", sagte Martin, „*wir kennen uns ja erst kurz, dein Bruder und ich.*"

„*Aber ihr mögt euch doch*", sagte Emma, „*oder irre ich mich da?*"

„*Ich mag deinen Bruder sehr, und ich denke, er mag mich auch*", antwortete Martin, „*aber trotzdem...*"

„*Dann ist ja alles gut*", sagte Emma, „*und was ist bei eurem Gespräch herausgekommen?*"

„Das sollen wir heute Abend gemeinsam bespre-chen, hat dein Bruder gesagt", antwortete Martin.

„D' accord", sagte Emma, *„dann konzentrieren wir uns jetzt auf meine alte, und wer weiß, vielleicht auch bald deine neue Heimat, chérie."*

Martin fragte sich, ob Emma vielleicht schon vor seinem Gespräch mit Pierre über ihn gesprochen hatte. Er überlegte, ob er Emma danach fragen sollte, unter-ließ es aber und sagte stattdessen:

„Und was wirst du mir alles zeigen?"

„Wir machen eine kleine Rundreise und beginnen in Montréal. Dort gibt es eine Burg und eine gotische Kirche. Aber berühmt ist dieser Ort im Herzen der Gascogne durch seinen dort produzierten Weinbrand, bekannt als Armagnac", antwortete Emma, nicht ohne einen gewissen Unterton in der Stimme.

„Danach fahren wir nach Auch im Département Gers", erklärte Emma weiter.

„Gers ist nicht nur Bezeichnung für die Stadt, son-dern auch für einen Fluss, der in die Garonne mündet.

Dort besichtigen wir die Kathedrale Sainte-Marie d'Auch, die der Jungfrau Maria geweiht ist.

Das große Gebäude mit 3 Schiffen enthält 21 Ka-pellen und eine Reihe von 18 Fenstern mit Glasmale-reien von Arnaud des Moles. Es ist auch ein UNE-SCO-Weltkulturerbe."

„Du hättest Fremdenführerin werden sollen anstatt Pfarrerin", sagte Martin lachend, „es ist beachtlich, was du alles weißt."

„Das liegt daran, dass uns unser Vater als Kinder überall hingeschleppt hat. Während Pierre nur ein sehr begrenztes Interesse zeigte, war ich begeistert."

„Ich hätte da einmal eine andere Frage", sagte Martin, „mir fällt auf, dass sowohl die Orts- als auch die Straßenschilder zweisprachig angegeben sind."

„Das liegt daran, dass wir in dieser Region eine eigenständige Sprache haben. Sie heißt Okzitanisch und ist dem Katalanischen sehr ähnlich. Sie wird sogar in mehreren Akademien von Nizza bis Toulouse und Clemont-Ferrand gelehrt."

„Und wo gibt es dann etwas zu essen?", fragte Martin.

„Wir sind doch erst losgefahren", antwortete Emma lachend, „wie kannst du da schon an Essen denken?"

„Wissen macht hungrig", antwortete Martin, „und du hast mich gerade mit sehr viel Information gefüttert."

„Wenn das so ist, dann kann ich dich beruhigen", entgegnete Emma. „Wenn wir in Buros sind, dann besuchen wir die Stierkampf-Arena <Ganaderia de Buros> und gehen danach etwas essen."

„Aber ohne mich", antwortete Martin entsetzt, *„da bringen mich keine zehn Pferde hin, da würde mir der Appetit sofort vergehen."*

„Erstens bringen dich da nicht 10 Pferde hin, sondern 120, denn so viel PS hat dieses Auto, in welchem du gerade sitzt, und zweitens ist in dieser Arena noch nie ein Stier ums Leben gekommen", sagte Emma lachend.

„Wie das denn?", fragte Martin erstaunt.

„Weil in den Landes d`Armagnac, in der besagten Ganaderia de Buros seit 1890 wilde Kühe für das Landaise-Rennen gezüchtet werden."

„Und was ist das?", fragte Martin.

„Das ist eine Darbietung in einer Arena, wo keine mordenden Matadore zu sehen sind, sondern sogenannte Sauteurs, das sind Akrobaten, welche mit eleganten Bewegungen über rennende Kühe hinwegspringen, die von einer Jury bewertet werden.

In einem nachfolgenden zweiten Teil der Veranstaltung werden oft noch zirkusreife Clownerien vorgeführt. Du wirst sehen, das wird dir gefallen. Und hungrig machte es ganz sicher auch."

Emma genoss es sichtlich in das erstaunte Gesicht von Martin zu blicken.

„Da hast du mich jetzt aber schön reingelegt", sagte Martin, *„schämst du dich denn gar nicht?"*

„Nicht ein bisschen", antwortete Emma, „du hättest dein entsetztes Gesicht sehen sollen, als ich dir gesagt habe, wir fahren zu einer Stierkampf-Arena."

Nach dem Besuch der „Ganaderia de Buros" fuhren die beiden zum „Château de Buros", um dort zu essen.

Eine Platte mit „Foie Gras", „Magret de Canard", „Confit du Canard", Salat und diverse Käsesorten ließ das Herz von Martin höherschlagen.

Und als zum Nachtisch eine „Crème d' Armagnac mit Backpflaumen" gereicht wurde, war Martin im „Ciel somptueux".

„Und gefällt es dir bisher?", fragte Emma, die ihren Liebsten mit großer Freude beim Essen beobachtet hatte.

„Es ist einfach unglaublich", antwortete Martin, „die Gegend, die Menschen, das Essen und vor allem meine wunderbare Begleiterin."

Martin nahm Emmas Hand und bedachte sie mit einem zarten Kuss.

„Vous êtes très beau, très charmant et très aimable, Madame", sagte er in perfektem Französisch, und Emma antwortete:

„Et vous êtes un homme extraordinaire, Monsieur!"

Nach dem Essen machten Martin und Emma noch einen kleinen Spaziergang durch den Park. Sie waren schon eine Weile schweigend nebeneinander hergegangen, als Emma unvermittelt fragte:

„Könntest du dir vorstellen hier zu leben?"

Martin blieb stehen und schaute in die erwartungsvollen Augen von Emma.

„Wäre das dein Wunsch?", fragte er.

Emma antwortete nicht. Sie lächelte Martin nur an.

„Wir werden heute Abend darüber reden", sagte Martin, *„und jetzt lass uns einfach den Tag genießen."*

Wenig später fuhren sie zu „Charles d`Artagnan de Batz-Castelmore" nach Lupiac, genauer gesagt zu dessen Geburtsort.

Beim Tod dieser beeindruckenden Persönlichkeit lautete sein Titel:

„Haut et puissant Seigneur, Messire Charles de Castelmore, Conte d`Artagnan", was so viel bedeutet wie:

„Hoher und mächtiger Lord, Euer Hochwohlgeboren Charles de Castelmore, Graf d' Artagnan".

Nach einem kurzen Besuch des Museums ging die Fahrt weiter nach Eauze. Diese kleine Stadt liegt an dem Flüsschen Gélise, welches ebenfalls in die Garonne mündet.

Hier wird ebenfalls Armagnac produziert, der in die ganze Welt exportiert wird, nachdem er in Eichenfässern herangereift ist.

Von Eauze war es dann nur noch ein kurzes Stück bis Labarrère, wo sich der Kreis der Rundreise wieder schloss.

Pierre begrüßte die Rückkehrer und erkundigte sich bei Martin nach dessen Eindrücken.

„Später, mein Lieber, später", antwortete Martin, *„wir legen uns erst ein wenig aufs Ohr. Dann können wir über alles reden."*

„Ist in Ordnung, Martin", sagte Pierre, *„ich freue mich schon sehr darauf."*

*****

„Du hast mich heute Morgen gefragt, ob ich mir vorstellen könnte, dass du dich bei unserem Betrieb finanziell beteiligst", begann Pierre das Gespräch.

„Ich werde dir jetzt gern darauf antworten; aber zuvor möchte ich erst noch von dir wissen, wie genau du dir das gedacht hast.

Willst du dich in die Firma einkaufen und dafür von Deutschland aus am Gewinn mitnaschen oder wie stellst du dir das vor?"

„Lieber Pierre, zunächst einmal möchte ich mich dafür bedanken, dass du mich in eurer Familie willkommen geheißen hast. Es bedeutet mir unendlich viel.

Ich liebe deine Schwester über alles, und ich denke, sie liebt mich ebenso."

Während Martin das sagte, hielt er Emmas Hand fest in der seinen.

„Wie du ja weißt, besitze ich in Deutschland eine eigene Firma, die einen nicht unerheblichen Gewinn macht.

Ich trage mich schon lange mit dem Gedanken meine Firma zu verkaufen, und ich hätte mehrere Interessenten dafür.

Das heißt, meine finanzielle Lage würde mir erlauben mit einer größeren Summe in deinen Betrieb einzusteigen, meine Mutter und meine Tochter sehr gut zu versorgen, und noch über genügende Mittel zu verfügen, um bis ans Ende meiner Tage – und darüber hinaus – für Emma und mich gut zu sorgen.

Anders gesagt, es geht mir auf gar keinen Fall darum am Gewinn deines Betriebes mitzunaschen, um deine Wortwahl zu verwenden."

„*Was möchtest du dann?*", fragte Pierre, der sich gerade überhaupt nicht auskannte.

„*Ich hoffe, es haut dich nicht um, was ich dir jetzt sagen werde*", antwortete Martin.

„*Ich wünsche mir von dir als Viticulteur ausgebildet zu werden.*"

„*Du willst Weinbauer werden?*", fragte Pierre mit weit aufgerissenen Augen.

„*Ja*", antwortete Martin, „*mit allem, was dazugehört.*"

Als Emma das hörte, fiel sie Martin um den Hals.

„*Du ziehst mit mir hierher?*", fragte sie voll überschäumender Freude.

„*Das hängt von deinem Bruder ab*", antwortete Martin.

„*Da habe ich auch ein Wörtchen mitzureden*", sagte Emma, „*schließlich bin ich Mitinhaberin dieses Unternehmens. Und ich befürworte ausdrücklich diesen Antrag!*"

„*Noch eines, bevor du antwortest*", sagte Martin, „*ich will durch meinen finanziellen Zuschuss keine*

Anteile an eurer Firma erwerben. Es soll ein Hochzeitsgeschenk für Emma sein."

„War das gerade ein Heiratsantrag, chérie?", fragte Emma.

„Ja, mein Engel", antwortete Martin, *„ich möchte dich – im Beisein deines Bruders – um deine Hand bitten."*

„Liebe Schwester, wenn du JA zu diesem tollen Mann sagst, dann sage ich JA zur Anstellung eines Weinbauer-Lehrlings."

Emma fiel erst Martin um den Hals, küsste ihn mit einem mehrfachen JA, und dann umarmte sie Pierre und dankte ihm für sein Einverständnis.

„Das müssen wir feiern", sagte Emma, *„Champagner für alle!"*

„Aber nur ein Glas", sagte Pierre, *„wir müssen nämlich los. Ich habe einen Tisch bestellt, und unsere Freunde warten sicher schon."*

*****

150

Der Platz vor dem Rathaus war mit bunten Lichtern geschmückt und von fern konnte man laute Musik hören.

„Wo bleibt ihr denn so lange?"

Die Freunde von Pierre saßen an einem Tisch, den sie schon seit vielen Jahren als ihren „Stammtisch" bezeichnen.

„Wir hatten noch etwas Familiäres zu besprechen", antwortete Pierre; *„aber jetzt sind wir da, und wir wollen feiern."*

„Was gibt es denn zu feiern?", fragte einer der Freunde.

„Die Verlobung meiner Schwester Emma mit ihrem Freund Martin", antwortete Pierre, und bevor die völlig überrumpelte Emma etwas einwenden konnte, sagte Martin:

„Ich möchte euch – auch im Namen von Emma – einladen heute Abend unsere Gäste zu sein."

Die Einladung wurde mit viel Jubel angenommen, und Emma fügte sich, was ihr natürlich nicht wirklich schwerfiel.

„Wo ist Alain?", fragte Pierre, und wieder antwortete derselbe Freund wie zuvor:

„Der ist noch einmal weggefahren; kommt aber gleich wieder."

Und ein anderer Freund fügte hinzu:

„Eigentlich dürfte er gar nicht mehr fahren in der Verfassung, in der er war."

„Was meint er damit?", fragte Emma flüsternd ihren Bruder.

„Alain hat ein Alkoholproblem", antwortete Pierre, *„seine Freundin hat ihn verlassen."*

Die Sonne war im selben Moment untergegangen, als die drei Freunde ankamen, und jetzt konnte sich das Flair des mit viel Liebe ausgerichteten Festes so richtig entfalten.

Überall spielte Musik, es wurde getanzt, gesungen und gelacht. Die gute Stimmung wurde jäh unterbrochen, als ein junger Mann auf den Tisch von Pierre und seinen Freunden zustürmte und rief:

„Es ist etwas Schreckliches passiert. Alain hatte einen schweren Unfall."

Bei dem jungen Mann handelte es sich um Clement Darrieux, einen Rettungssanitäter, der zufällig an der Unfallstelle vorbeikam.

„Überall war Blut", schilderte Clement völlig aufgeregt, *„die Feuerwehr musste Alain aus dem Auto herausschneiden. Und jetzt ist er im Hôpital régional und ringt um sein Leben.*

Und was die Sache noch viel schlimmer macht, die haben keine passende Blutkonserve für ihn, weil er eine so seltene Blutgruppe hat."

„Was hat er denn für eine Blutgruppe?", fragte Pierre.

„AB", antwortete Clement, *„die haben nur ganz wenige Menschen."*

„Ich habe AB."

Die Anwesenden rissen ihre Köpfe herum und starrten Martin an. Er war es, der diese Worte gesagt hatte.

„Glaubst du, du könntest ihm Blut spenden?", fragte Pierre, der mit Alain seit Kindesbeinen an befreundet war.

„Und das, obwohl er dich einen <Boche> genannt hat?", konnte sich einer der Anwesenden nicht verkneifen zu sagen, was ihm jedoch sofort die zürnenden Blicke der anderen einbrachte.

„Ich denke schon", antwortete Martin, *„ich habe ja noch kaum etwas getrunken."*

„Dann schnell, Monsieur", sagte Clement Darrieux, der Rettungssanitäter, *„ich fahre sie hin."*

*****

Die Blutspende für Alain hatte tatsächlich funktioniert. Die Ärzte hatten Martin untersucht und die Spende befürwortet.

„Sie haben diesem Mann das Leben gerettet", sagte einer der Ärzte, *„Sie sind ein bemerkenswerter Mann."*

Dass diese Tat noch Folgen für Martin haben würde, konnte er zu diesem Zeitpunkt noch nicht erahnen.

„Wie geht es dir, chérie?", fragte Emma, die mit Pierre dem Auto von Clement Darrieux hinterhergefahren war.

„Noch etwas schwach, aber sonst gut", antwortete Martin.

„Das werde ich dir nie vergessen", sagte Pierre, *„du weißt gar nicht, was das für mich bedeutet."*

Er umarmte Martin und küsste ihn dreimal. Martin war etwas überrascht. Zweimal kannte er schon; aber jetzt dreimal?

„Das macht man nur mit Menschen, denen man sehr nahesteht", erklärte ihm Emma später, *„und wie es aussieht, bist du so einer für Pierre."*

„Wenn das so ist", entgegnete Martin, *„dann frage ich mich, warum du mich immer nur einmal küsst und nicht dreimal?"*

„Radoteur!", sagte Emma lachend.

„*Was heißt das?*", fragte Martin.

„*Das sage ich dir nicht*", antwortete Emma, „*das musst du schon selber herausfinden.*"

Martin und Emma waren nicht wenig überrascht, als Pierre ihnen ein paar Tage danach mitteilte, sie sollten sich im Krankenhaus einfinden, genauer gesagt im Krankenzimmer von Alain.

Und das an einem bestimmten Tag und zu einer bestimmten Uhrzeit.

„*Und wer ist die Person, die uns einbestellt?*", fragte Martin etwas scherzhaft, und Pierre antwortete:

„*Unser hochgeschätzter Herr Bürgermeister.*"

Martin schaute erstaunt und fragte:

„*Und was will er von uns?*"

„*Du meinst von dir?*", antwortete Pierre lächelnd und fuhr fort:

„*Ich habe da so eine Ahnung; aber lass dich doch einfach überraschen.*"

Ein paar Tage später bekam Martin die Antwort auf seine Frage.

Als er mit Emma und Pierre das Krankenzimmer betrat, bemerkte er als erstes einen etwas fülligen

Herrn mit einer blau-weiß-roten Schärpe, quer über die Brust gelegt.

Außerdem einen Mann mit Fotoapparat und einen weiteren mit einem Aufnahmegerät.

„Seit wann ist Alains Vater Bürgermeister?", fragte Emma ihren Bruder leise, und Pierre antwortete:

„Schon einige Zeit, Schwesterherz, man merkt, dass du schon lange nicht mehr hier warst."

Monsieur Pivot, der Bürgermeister und Vater von Alain trat auf Martin zu und umarmte ihn.

Jetzt erst konnte Martin das Unfallopfer Alain entdecken, der durch den Bürgermeister nebst Gefolge vor seinem Blick verdeckt worden war.

Martin löste sich aus der Umarmung des Bürgermeisters und ging hin zu Alain.

„Wie geht es dir?", fragte Martin, und Alain konnte nicht gleich darauf antworten, weil ihn ein heftiger Weinkrampf befiel.

Er streckte Martin seine Arme entgegen, und Martin beugte sich zu ihm hinab. Alain schlang seine Arme um ihn und sagte unter großer Mühe:

„Es tut mir so leid, es tut mir so schrecklich leid, und ich schäme mich."

„Ist schon gut", antwortete Martin, *„Hauptsache, du wirst wieder gesund."*

Jetzt trat auch Pierre an Alains Bett und umarmte ihn. Dann sagte er so leise, dass es außer Martin und Alain niemand hören konnte:

„Ihr seid jetzt Blutsbrüder, du und der Boche. Das ist ein herber Schlag für dich mein Freund; du musst jetzt sehr stark sein."

Alain und Martin lachten. Und beide wussten, dass sie gerade eine Freundschaft für die Ewigkeit eingegangen waren.

„Mein lieber deutscher Freund", begann jetzt der Herr Bürgermeister seine offizielle Rede, *„es ist mir eine große Freude und eine Ehre Sie heute mit der <Médaille d'honneur> unserer Gemeinde auszeichnen zu dürfen.*

Was Sie getan haben für einen fremden Menschen in einem fremden Land ist beispiellos und verdient unseren größten Respekt und unser aller Dank.

Ich sage das nicht nur als Bürgermeister, sondern auch als Vater, der um Haaresbreite einen geliebten Sohn verloren hätte, wären Sie nicht so selbstlos zur Tat geschritten.

Von einem Freund der Familie weiß ich, dass Sie in absehbarer Zeit ein Mitglied unserer Gemeinde werden wollen, was ich von Herzen begrüße.

Auf Beschluss des Gemeinderates darf ich Ihnen daher heute die Ehrenbürgerschaft verleihen, und ich hoffe, dass Sie sich allzeit bei uns zuhause fühlen werden.

Ich darf die Anwesenden im Anschluss auf einen kleinen Umtrunk einladen, mit dem wir den Helden unserer Gemeinde, Monsieur Martin Joswig in unserer schönen Gemeinde herzlich willkommen heißen wollen."

Danach folgten viele Fotos, die gemacht wurden. Martin mit Bürgermeister und der Urkunde in der Hand, samt an der Brust angehefteter Ehrenmedaille, Martin am Krankenbett mit Alain, und schlussendlich ein Gruppenfoto mit allen Beteiligten.

„Jetzt bist du eine regionale Größe", sagte Emma, „und auch noch Ehrenbürger. Ich bin stolz auf dich, du mein Held!"

„Wer die Ehrenmedaille hat, braucht für den Spott nicht zu sorgen", antwortete Martin lachend.

„Non, non, mon ami", sagte Pierre, *"so ist das nicht. Wir Franzosen nehmen das sehr ernst. Und speziell wir Gascogner."*

Martin wusste zu diesem Zeitpunkt noch nicht, was der Pastor Paul Ludolph Berckenmeyer anno 1746 in seinem <Curieuser Antiquarius> über die Gascogner geschrieben hat:

„Er ist ein Prahler und Schwätzer. Unter <Gasco-
nade> begreift man nicht nur jede übertriebene Auf-
schneiderei, sondern auch leichthin gemach-
te Versprechen, die man nicht zu halten gedenkt. Es
wird dem Gascogner aber auch schuld gegeben, dass
er es mit dem Begriff von Eigenthum ebenso wenig
streng nehmen soll, wie mit einem gegebenen Worte.
Daher bedeutet Gascon auch einen Menschen, der
gern stiehlt, gasconner = entwenden; unter einem
<Gascognerstückchen> wird ein Diebstahl verstan-
den und den Strick des Henkers nennt man scherzhaft
<Gascognersalat>.

*****

Gerade, als sie in Richtung Flughafen losfahren
wollten, kam ein Mitarbeiter aus dem Rathaus ge-
stürmt mit einem riesigen Geschenkkorb, gefüllt mit
Spezialitäten aus der Region, welchen er mit den
Worten überreichte:

„Mit einem lieben Gruß vom Bürgermeister und
den besten Wünschen für eine gute Heimreise."

„Das werdet ihr wohl schwerlich durch den Zoll
bringen", sagte Pierre lachend, als sie schon ein Stück
gefahren waren.

„Sei bitte so nett und heb es für uns auf, bis wir wiederkommen", sagte Emma zu ihrem Bruder.

„Das mache ich gern", antwortete Pierre und griff nach einer Flasche, die sich im Korb befand.

Es war ein Armagnac, den er Martin mit den Worten überreichte:

„Den könnt ihr ja mitnehmen und zuhause trinken, damit ihr ab und zu an mich denkt und an deine neuen Freunde in Labarrère."

Als sie am Flughafen angekommen waren, fiel der Abschied schwer.

„Ich werde alles in die Wege leiten, wenn wir wieder zurück sind", sagte Martin und umarmte Pierre.

„Und wir werden dich benachrichtigen, wenn der Hochzeitstermin feststeht", fügte Emma hinzu.

„Ich freue mich schon sehr darauf und auch auf das Abenteuer mit dem Ausbau des Betriebes", sagte Pierre.

*****

„Wie war eure Reise?", fragte Nicki, als sie mit Martin, Emma und Omi Joswig zusammensaß.

„*Aufregend, sehr aufregend*", antwortete Emma, „*und stellt euch vor, Martin hat einem Mann das Leben gerettet.*"

„*Waaas?*", drang es mit großem Erstaunen aus Nickis Mund.

Und dann erzählte Emma in allen Einzelheiten von der Rettungsaktion, und von den Ehrungen durch den Herrn Bürgermeister.

„*Ich habe sogar Bilder davon*", sagte Emma und holte aus ihrer Handtasche einen Umschlag mit den Bildern, welche der Fotograf im Krankenzimmer von Alain gemacht hatte. Pierre hatte sie für Emma besorgt.

„*Und in der Zeitung stand es auch*", erzählte Emma weiter und zog ein Exemplar hervor. Und tatsächlich, auf der Titelseite des <Courrier de Gascogne> prangte das Bild von Alain, seinem Vater, dem Bürgermeister und Martin, dem Helden von Labarrère.

Dazu noch ein ganzseitiger Artikel, auch über die Verleihung der Ehrenmedaille und der Ehrenbürgerschaft.

Nicki und Oma Joswig zeigten sich beeindruckt. Während Nicki ihrem Vater um den Hals fiel, kamen Oma Joswig die Tränen.

„*Wir möchten euch etwas sehr Wichtiges mitteilen*", mischte sich jetzt Martin ein. „*Emma und ich werden heiraten.*"

„Das ist ja wunderbar", rief Nicki, und dieses Mal wurde Emma das Opfer ihrer Umarmung.

Martin schaute erwartungsvoll zu seiner Mutter. Er war sich nicht sicher, wie sie mit der Nachricht umgehen würde. Aber ein leichtes Kopfnicken war Zustimmung genug für Martin.

Die frohe Kunde wurde von Emmas Tochter Petra und deren Ehemann Rainer mit demselben Wohlgefallen aufgenommen wie von Martins Familie. Jetzt fehlte nur noch Emmas Mutter.

Martin war schon sehr darauf gespannt, wie Emmas Mutter reagieren würde. Ihre Begrüßung stimmte Martin nicht gerade sehr froh.

„Sie sind also der Mann, der schuld daran ist, dass meine Tochter wieder nach Frankreich zurückkehrt."

„Ich denke, Ihre Tochter ist alt genug, um für sich selber entscheiden zu können", sagte Martin, *„und ich mache keinen Hehl daraus, dass mich die Entscheidung von Emma sehr erfreut."*

„Respekt, junger Mann", antwortete Emmas Mutter, *„Sie haben Schneid; das gefällt mir. Um die Hand meiner Tochter anzuhalten erübrigt sich ja wohl, denn die haben Sie ja bereits."*

„Dem ist so und doch würden Sie mir bzw. uns eine große Freude bereiten, wenn Sie unserer Verbindung zustimmen würden."

„Und wo soll die Hochzeit stattfinden?", überging Madame Perrac, die noch immer den französischen Namen ihres Mannes trug, hanseatisch kühl Martins Bemerkung.

„Hier in Hamburg", antwortete Emma. *„Pastor Hinrich Burmester hat sich bereit erklärt uns zu trauen."*

„Was?", fragte Emmas Mutter, *„der olle Pastor lebt noch?"*

„Ja", antwortete Emma, *„und es geht ihm dem Alter entsprechend recht gut. Er lebt jetzt in einem Seniorenstift und betreut dort seine Mitbewohner."*

Emma hatte als junge Vikarin mit Pastor Burmester gearbeitet und auch nach ihrem Weggang die Verbindung nie abreißen lassen.

„Das sind ja tolle Neuigkeiten", sagte Madame Perrac und fragte dann unvermittelt, zur großen Überraschung Emmas:

„Wie geht es deinem Bruder?"

„Pierre geht es gut, Mama", antwortete Emma, *„er lässt dich lieb grüßen."*

„Es ist traurig, dass heutzutage sogar die Geistlichkeit vor einer Lüge nicht zurückschreckt", sagte Emmas Mutter und Emma zuckte zusammen.

„Warum sagst du das Mama?", fragte Emma und wehrte sich mit aller Kraft gegen die aufsteigenden Tränen.

„Weil wir beide wissen, dass das gelogen ist, meine Tochter. Habe ich nicht recht?"

Emma riss sich zusammen und antwortete in einem beinahe trotzigen Tonfall:

„Und wenn es so wäre, warum kannst du dich nicht einfach über etwas nett Gesagtes freuen. Ist das denn so schwer?"

Emma hatte alles versucht nicht zu weinen; aber es war stärker als sie. Ihre Mutter, die sah, dass Emma weinte, ging zu ihrer Tochter und nahm sie in den Arm.

„Es tut mir leid, Prinzessin, ich wollte dir nicht wehtun. Aber der Stachel in Person deines Vaters sitzt einfach zu tief."

Jetzt gab es kein Halten mehr. Alle Dämme brachen; sowohl bei Emma als auch bei ihrer Mutter. „Prinzessin", so hatte die Mutter Emma genannt, als sie klein war.

Als Jette Perrac mit Emma Frankreich verließ, blieb Pierre beim Vater zurück. Emma litt lange Zeit sehr unter der Trennung von Vater und Bruder.

Emmas Mutter, eine gelernte Schneiderin, versuchte ihre Tochter mit selbst geschneiderten Kleidern zu trösten. Und irgendwann sagte sie zu der kleinen Emma:

„Du siehst in diesem Kleid aus wie eine Prinzessin."

Und dieser Kosenamen hat Emmas Kindheit über viel Jahre begleitet.

„Du solltest Pierre sehen", sagte Emma, als sie sich wieder einigermaßen gefangen hatte, *„er ist ein hübscher, lieber, junger Mann. Und er ist sehr tüchtig."*

„Das kann ich nur bestätigen, gnädige Frau", versuchte sich jetzt Martin in das Gespräch der beiden Frauen einzubringen.

„Ich bin keine gnädige Frau", kam prompt die Antwort von Jette Perrac.

Dann stand sie auf, ging zu einem Bufettschrank, der noch den Charme früherer Zeiten ausstrahlte, und entnahm ihm Gläser und eine Flasche Korn.

„Dann wollen wir das gleich einmal klären", sagte sie und goss ein.

„Wie du heißt, weiß ich ja inzwischen, und wie ich heiße, hat dir mien Deern sicher schon gesagt. Dann lass uns mal anstoßen auf euch zwei Hübschen, verbunden mit meinem Segen für eure Verbindung, wie du so schön gesagt hast."

Jette Perrac sah in die Gesichter zweier völlig verdutzen Menschen. Eine davon war Emma, ihre Tochter, und die andere war Martin, der künftige Schwiegersohn.

*****

Die Hochzeit war eine sehr bewegende Angelegenheit. Vor allem, weil sich Mutter und Sohn nach vielen Jahren der Trennung zum ersten Mal wiedersahen.

Pierre war mit Alain, Martins <Blutsbruder> angereist. Pierre hatte wohl ebenso viel Angst vor der Begegnung wie seine Mutter. Und dann geschah alles in einer völlig natürlichen Art und Weise. Mutter und Sohn lagen sich in den Armen, und keiner musste irgendetwas sagen.

Am nächsten Tag stand Sightseeing auf dem Programm. Große Hafenrundfahrt, Michel und natürlich der berühmte Tierpark Hagenbeck. Kevin, Petras und Rainers Sohn war hellauf begeistert.

Am Abend musste Martin, ob er wollte oder nicht, der Dritte im Bunde bei der Reeperbahnbesichtigung sein. Alain war die treibende Kraft, und als Blutsbruder konnte Martin ihm die Bitte nur schlecht abschlagen.

Als Martin und Emma Pierre und Alain zum Flughafen brachten, sagte Pierre:

„Ihr werdet staunen, wenn ihr an Weihnachten kommt, was sich bis dahin getan hat.“

Er hatte zuvor noch Emmas Tochter mit Familie, Oma Joswig und Nicki eingeladen das Weihnachtsfest in Labarrère mit ihm zu verbringen.

Seine Mutter hatte er ebenfalls eingeladen. Sie hatte jedoch nur bedingt zugesagt im Hinblick auf die beschwerliche Reise.

Als dann alle an Weihnachten auf dem Weingut in Labarrère ankamen, prangte über dem Hauptgebäude ein großes Schild mit der Aufschrift:

> **Perrac et Joswig**
> **Vins de Gascogne**

Jette Perrac war nicht mitgekommen. Zu groß war ihre Angst, die da heißt: „Gespenst der Erinnerung“.

*****